Escenas para turistas

Niñita cubana, ¿qué piensas hacer?
Un mundo más justo que el mundo de ayer.

Canción infantil

jacquline Herranz Brooks

Escenas para turistas

Jacqueline Herranz Brooks

EDITORIAL CAMPANA
Nueva York

Primera edición: 2003

Editorial Campana
19 West 85th Street, Suite A
New York, NY 10024
edcampana@yahoo.com

Library of Congress Cataloging-in-Publication Data
Herranz Brooks, Jacqueline

Escenas para turistas
—Editorial Campana
ISBN: 0-9725611-1-0
1. Título

Edición: Paquita Suárez Coalla
Portada: Karen Willoughby
Foto portada: Sonia Rivera-Valdés
Diseño y Tipografía: Vivian Otero Barrera

Impreso en los Estados Unidos

Índice

Índice

Escenas para turistas

El camino a casa

De continuo tengo en la memoria estas cosas, y se
repudre dentro de mí el alma mía.
(Lamentaciones 3:20)

He visto el árbol. No es la zarza ni arde pero tiene sus lindas torceduras y está, como aparición, en el borde de esta calle que subo y bajo, varias veces, en los últimos días. Es un trecho que acorta la distancia entre la zona alta y la baja del municipio donde vive mi madre. Es muy temprano. Llevo unas florecitas y no sé por qué este cargo de conciencia.

Escenas para turistas

En las esquinas, la calle se enloda, se abren unos pozos enormes entre una acera y otra. Una Claudia Cardinale está detrás de un enrejado pobrísimo. No he tenido que nadar, apenas esquivo los charcos por eso están sucios mis zapatos.

La Cardinale está detrás de un entablillado, para ser exacta, y el aspecto italiano lo da el moño en el pelo casi deshecho, la piel morena, el vestido de flores y el tirante que cae dejando al descubierto el nacimiento de las tetas.

Todos estos días, durante el camino, pienso en la posibilidad de un cambio de vida. En algunas disfunciones que hagan posible encontrar el perdón. Y claro está que el perdón por amnesia no me gustaría padecerlo en este lugar donde tendría que aprender, de nuevo, a reconocer todos estos métodos únicos de supervivencia para regresar al bien común. El bien común que se reduce a patalear contentos dentro de la anormalidad circundante: una serie de tareas obsesivamente diarias que han de ejecutarse para subsistir cada uno de los días, y eso es lo que me aplasta.

Hago y deshago el camino hasta mi madre y la

encuentro allí, en medio de una sala rota, ella misma deshuesada y seca, a punto de salir de su locura para entrar en la locura del pan. Y cuando le miro a los ojos para saludar en la entrada, todavía en la puerta sin apenas descargar la bicicleta, empiezo por describirme lo que será el camino redondo que va de la casa de mi madre a la panadería, y lo que debe uno esperar allí entre la comidilla de viejos del barrio quienes han perdido, casi todos, los dientes, el pelo y gran parte de la memoria emotiva, mientras el hambre los hace maldecirse unos a otros cuando se rasgan para ver quién llega primero a alcanzar la bolita semicruda de harina, sin que puedan controlar los impulsos groseros de clavarle un codo al que está detrás o alante, da lo mismo.

Cuando termino de apoyar la bicicleta, como puedo, medio de costado, veo, una vez más, los cristales rotos, la puertecita carcomida e inmediatamente imagino lo que viene después de esta escena que es, precisamente, la escena de la cocina donde se amontonan las cazuelas negras y abolladas arriba de los azulejos destartalados, y decido que me voy por ella a buscar el pan y así me doy espacio, me agujeteo antes de entrar definitivamente a la casa de mi madre donde es probable que tenga que pasar un par de años hasta que llegue la amnesia.

Me desgasto en imaginar que puedo salirme de esta normalidad que me acontece y no dejo de preguntarme qué es lo real, qué debo esperar de mí y si tiene que ver con esto de todos los días y si debe ser así o existe alguna otra posibilidad de disfuncionar y empezar de nuevo.

Sí, eso debo ser yo a esta hora de la mañana como toda esa gente, absolutamente rancia de calor esperando la misma hora sin saber por qué este cargo de conciencia que me hace volver, con pena de otros, a la casa de mi madre.

A veces, mientras esquivo un charco, dejo de leer el viejo sistema de reconocimiento mutuo que se mezcla con la vida que me doy y se me dilata la cara. Pero esto no vale más que el tiempo que dura en mi cabeza antes de que aparezca el sueño de "cuando deje de ser la misma" y gracias a esto olvido alguna de nuestras decisiones, como la de no ceder espacio o la de irse arrinconando así una más allá de la otra y cada quien en su

El camino a casa

lugar: ella en la casa, yo, en el borde del camino de su casa que varias veces se mezcla con la vida que me ha dado hasta que me tambaleo fuera de allí, lejos, durmiendo en cualquier pedacito de acera con cualquier extraña.

No vale más que lo que dura en mi cabeza mientras deshago todo el camino de vuelta con el pan y el pensamiento agrios, directo a iniciar una pelea, derechito a gritarle, en cuanto llegue, todas las formas que me invento para borrar la identidad y desaparecer lo que me acontece, tan general, que aparenta ser perpetuo.

Hago una cruz o miro al árbol que las hace: no sé por qué este cargo de conciencia e intento creer en el destino. Me obsesiona la unidad, lo uno. Es por eso que me aplasto contra la mierda y no encuentro más salida que burbujear dentro de ella.

El cumpleaños

Mi madre me cuenta que le pidió al señor vivir muchos años para poder extenderse y "ser soldado de Dios", y hoy ha estado contenta sin los brillos, y miró las tazas ásperas como si fueran de porcelana. Ahora me cuenta que su sobrina particular, esa parienta con quien levanta ánimos, se esmeró en concreto para festejarla, se la tragó ese día en que usaba un vestido de escote redondo con rositas al relieve.

El cumpleaños

Mi madre, a la hora de la ropa y de las descripciones, se olvida del soldado de dios, de las liviandades de la materia, y agrega los detalles de las mangas en el vestido de su sobrina, y regresa a la zona más alta de la sisa para dejar caer, desde allí, su mano que dibuja una hilera de rositas hasta la cadera. Describe: También llevaba medias cortas y seguro, esto lo pienso yo, el tirante era azul o blanco cake, que cuando la sobrina se inclina, esto lo sigo pensando yo, se resbala un poco por el tajo del hombro. Yo escucho a mi madre hasta que no la escucho porque empieza a quejarse: yo con aquellos zapatos, y quiere decir que si los tuviera.

Está próximo el fin de semana, yo sigo sin escape y mi madre le pide a dios. Si yo lo hiciera, pediría sobrevolar estas cosas. Estas molestias. *Este deseo antojadizo de pensar en tener lo que se merece, o lo que no se merece pero falta.* Casi logro irme cuando la oigo decir: ...comer. ¡Y quién me viera con dinero!

El techo se abofa en la cocina. El fregadero es de cerámica eurocrística. Quiero decir: azulejos astillados que simulan que soportan, que intentan aguantar el peso de tres martillazos de mi madre contra dos dientes de ajo minúsculos. Entonces canta, "no puede estar triste un corazón que quiere a Cristo", en la cocina, debajo del techo, frente a la meseta, mientras la pila humedece la celebración a conciencia.

Septiembre

Sin blumers, frente a la misma situación y aproximadamente a las diez de la noche: preparo comida a la ligera. Intento las combinaciones entre macarrones, huevo y frijoles, un desastre. Las posibilidades de elaboración para los macarrones se reduce al tiempo de cocción. El del huevo a la economía (con o sin grasa). Para los frijoles no tengo muchas perspectivas fuera de darles calor.

Escenas para turistas

Sin tiempo real y mientras recojo un tenedor que rueda por el piso, creo que el tiempo es una magnitud pedante y sirvo los frijoles absolutamente fríos en un plato llano.

No sé por qué imagino latones de basura bien dispuestos y un sistema de recogida que funciona. Apuro la cucharada y corro a destapar los macarrones.

El otro día tuve un sueño. Estaba en el cementerio de un país desarrollado porque todo estaba increíblemente limpio. Un sueño. Conecto con la idea de los latones, pincho un macarrón pero como estoy descalza y la hornilla es eléctrica siento el corrientazo: vuelve a caer el tenedor, el olor de lo que hierve nubla mi vista.

El caldero donde se hunden los macarrones esparce el humo que se pega al techo. Me digo: es duro sobrevivir en la inmundicia. La pestilencia cerca la posibilidad de la expansión olfativa. Sin embargo, el olor de la hervidura es cada vez más fuerte y se mezcla con el vaho del baño, el olor a jabón del vecino que se aplasta contra el hedor de los patos, también vecinos.

Abandono todo por un cigarro. Me cierro tanto que prefiero el olor de la grasa recalentada. El chisporroteo de la manteca: una lluvia de ácido volcánico: la muerte si no estuviéramos tan aptos para el continuo gorjeo de las excrecencias. En mi opinión, salpicadura que filosofa. Fin del cigarro, puntería al cenicero y servir los macarrones. Aseguro lo del huevo mientras sigo la línea descrita por una de esas salamandras comunes: puntos negros sobre azulejos carcomidos y manchados.

Como olvidé el sueño y el huevo está enseguida, lo vierto sobre los macarrones que soportan la clara semicruda, los bordes oscuros por la grasa negra.

Con el sartén vacío amago mi sombra, inicio unos movimientos en cámara lenta como si estuviera debajo del agua. Debajo del agua: apenas parpadeo, la sal viene y me agarra los globos oculares, hace una chispas dolorosas; en eso viene un pez y me arde y otro pez que es una burbuja. La burbuja sale de mi boca porque con tanto ardor de globos, la circunferencia es lo que se dibuja de arriba hacia abajo y en diferentes espacios de tiempo. Una burbuja sube, otra burbuja sube, otra burbuja... un pez atraviesa la burbuja y esquiva la circunferencia. Apenas puedo seguir estas escenas. Parpadeo. La sal me agarra los globos oculares y me obliga a sacar la cabeza.

El huevo entre los macarrones: en su peor aspecto. Me consuelo con lo cambiante de las apariencias. Ejecuto automáticas cucharadas que salen y entran. La mano libre tamborilea sobre la mesa. La mano ocupada se detiene.

El lunes la primera sensación que tuve fue desolación: asoleada la calle, la parada. Ni ausencia, ni vacío mientras me debato entre la inercia y el error de movimientos.

Seguramente Algo impone esta situación: no puedo trasladarme hasta que Algo venga y lo decida.

Consulta

Tengo el número 126, van por el 4 y son las once de la mañana. Hace horas estoy en este banco frío, rodeada de semejantes. Enfermos semejantes.

Casi no hay luz. La sala es lúgubre, tapiada. Casi todos comen, fuman, leen el periódico, conversan sobre sus enfermedades y esperan el turno. Unos al lado de otros. Enfermizamente juntos, simétricos, coordinados.

No puedo hacerme la desesperada y salir. Faltan más de cien números para llegar al mío, pero la guardiana en la caseta de vidrio creó una tensión inmediata cuando me dijo: "tienes que permanecer en el salón".

La caja de vidrio desde donde ordena la guardiana está allí, de pronto, en medio del pasillo mugriento como una aparición desvencijada. Sólo le queda un cristal y está roto. No sé si porque alguna vez los pacientes se pusieron violentos. Imagino, por su cara agria de recepcionista, la que estará pasando. Las pocas ganas que tendrá de seguir aunque siga. Ocho horas en medio de un cubículo lleno de enfermos que se cuentan las calamidades mientras pasa el tiempo y salen y entran los otros a los que también entrega un papelito. Mira, asiente, y lo que dice lo dice con rabia, especialmente lo de permanecer en el salón. Debe ser su única venganza, su manera de protestar reteniéndonos. En algunas ocasiones se agita haciéndonos sentir el poder bajo su mando, y se ausenta. Los que llegan nuevos se desorientan esperando, sin aliento, delante de la caja de vidrio.

Yo sigo aquí como parte de mis actividades vitales: sentirme enferma, reconocerme enferma y creer que una visita, un par de horas en la cola de una consulta, me sirven. Parte de mis actividades vitales: aprovechar el tiempo. Ya me habían dicho, por más que lo evitara: "Mira, tú debes tener algo. Aprovecha." Me lo decían: "Aprovecha, muchacha, termina de hacerte el chequeo".

Imitación de "Una hora significativa en una aguaza insignificante"*

Aparezco a las cuatro. Más allá del límite. Toca un grupo de rock y el cielo está bastante nublado. Cuando empieza a llover estamos delante de una mesita con vasos de ron. Mucho alcohol después del humo, dice Omar que sensualiza a una delegada española. Yo observo un par de piernas hermosas sembradas en unos tenis geniales. Las piernas se entrecruzan a la altura de los tobillos, se balancean. Cuando se apoyan, las puntas miran hacia arriba. Debo aclarar que las piernas no están desnudas y que nunca me fijo en el largo de un zapato.

Escenas para turistas

Alzo la vista y tropiezo con otra mesa llena de papeles y vasitos de alcohol. Una mesa de poetas, pienso. La hembra del grupo sonríe ladeando la cabeza. El rictus es una mueca que la afea y paraliza. Unos hilos de pelo caen permitiéndole la fantasía de encantar con sus dedos nerviosos que anudan las puntas resecas, los mechones al descuido. No es hermosa. Su rostro es duro como si quisiera compartir sólo la instrucción. Rostros que dicen ven a que te cuente lo que he aprendido.

Aquí coexiste el gesto común y el aliento turbio. Un sapo es resbaladizo, grosero. Un sapo resbaladizo es amorfo encima de una rama hermosa. ¿Qué es un sapo en una charca?

Descubro un par de gente conocida. Todos sonríen. Todos galantes. Todos tienen libros en editoriales-lentas o programas en la radio para la información general. No escucho la radio, no consigo mantener dos segundos mi atención en la misma emisora.

La de los pies trastrocados en magníficas piernas sembradas en tenis geniales, se lleva el vaso a la boca. Veo el redondel blanco sobre el óvalo de la cara y un par de ojillos-poetas que me esquivan. Mi cabeza perfila su ritmo alcohólico bien controlado. Los párpados algo gruesos: imagen alérgica. Estoy en la charca y me pego un grito transparente. Sólo me falta croar sobre la mesa pero me cazarían como a una botella sin color resaltando sobre el mantel como un sapo de vidrio sobre una rama verde.

Omar se ha parado varias veces para llenar los vasitos. Es el que más chupa de todos. Se prende del bordillo del pequeño vaso y traga. Sus labios están húmedos y hablan a la delegada española. A eso que está frente a sí y que rebota cada una de sus palabras en sus oídos. Un sapo que canta el consabido rito de atrapar las moscas. Un sapo de cualquier color, y en cualquier medio que quiere alimentarse.

Pi lleva una camisa color indescifrable y negra. Está radiante y parlotea con alguien elegante. Costumbre en desuso, la elegancia. La mayoría en este círculo somos ranas traslaticias emocionadas con el asunto del salto, así desvencijamos alguna que otra prenda y olvidamos las moscas.

La ropa del elegante es nueva. Camisa de listas

Escenas para turistas

gruesas en varios tonos de amarillo, desde el pollito hasta la caca. Pantalones impecables. No alcanzo a verle los zapatos y me aburro. Maldigo perderme la mejor parte.

A la derecha informan que es un día dedicado a las mujeres. Alguien dice: todas las que leyeron, figúrate. Imagino el micrófono delante, los ojos dentro del papel mientras ejecutan silencios brutales. Una de ellas, según pude escuchar más tarde, les parece buena porque escribe como un hombre. Una rana en ceremonias de sapo.

La sensualidad se dispara de los labios de Omar al oído de la delegada. El acto de Omar está en su fase culminante. Logra acariciar, espantar de un lengüetazo la mosca en un pliegue del atuendo de la española. Comento sobre una revista, la hojeo y me digo: los he visto sin músculos manifestando su fuerza a fuerza de estilo y verborrea, proyectando imágenes en las babas de los sapos más atontados. Observo qué zapatos llevo. Tenis gastados que se pisotean, nerviosos, bajo la mesa llena de vasitos sin ron.

Aparto la mesa, la toco para creer. Necesito de la

posesión para hacerme sentir real mediante la incorporación de objetos en este encuadre de planos en la vida. Apoyo bien las plantas. Mis puntas no se elevan y creo que la gravedad es menos tolerante con algunos. Me levanto. No creo que vaya a ladearme pero echo una sonrisa. Olvido que mis gruesos párpados se cierran mientras pierdo humo.

*José Manuel Poveda

Jueves

Estoy tan deprimida que veo a mi padre. No tengo una visión. Me bajo una parada antes y llego hasta él. La situación es la que sigue: tengo sueño o estoy cansada. No existen justificaciones suficientes para determinar con exactitud. Quiero dejar a mi amante y no puedo. Quiero estar con ella pero no me gusta. Necesito comer, necesito salir de casa de mi madre que vive al otro extremo de la casa de mi amante. Me refiero en este caso a lo que sigue: he tenido un mal día. Tampoco es esto, pero ya se sabe que exactamente no hay nada.

Jueves

Mi cara, frente a mi padre, es de cansancio que se irá tan pronto llegue a la casa. No comento que la casa es un infierno ni que estoy en una situación que no puedo describir y determino plantarle la cara vacía ya descrita.

Le he dicho: cómo estás, cómo está tu mujer. Hago un amago de felicidad y sigo con: te queda menos/ estás a punto de terminar / son casi las 7, ¿ no? Todo esto de mi parte.

Frente, está la cara de mi padre que no tiene la menor idea de qué hago diciendo tantas obviedades y no puede más que poner cara de situación que se arreglará tan pronto llegue a su casa y se acueste. Es un hombre viejo y lleva horas encerrado en ese estanquillo.

Mucho después que me he ido es que siento el hambre. Luego de haber caminado unas tres cuadras seguidas bajo inercia. Tratando de borrar la desgracia de volver allí o la desgracia de salir del otro lado escapando de mi actual amante y el no querer pensar más que en lo que veo: este caminito medio trunco medio asfaltado medio gris. Pero no tiene caso el camino que va desde cualquier lugar, donde se está cansada, hasta la casa.

Escenas para turistas

Por ahora no pienso en los problemas de espacio. Maldigo no poder aguantarla a pesar del hambre.

Tengo hambre. Del otro lado del mundo me espera una mesa servida. La mesa de mi amante. No sé qué pasa. No existen datos para describir con exactitud y es esto lo que sigue: Estoy de espaldas a ese lugar donde se come y de allí me alejo. Mi casa, la casa de mi madre, está en dirección contraria y allí me acerco. No ha sido por subversión ni arrogancia. Tampoco existe propósito de lucha o espíritu de contradicción. Si me refiriese a este caso podría decir que 'todo' es una mala elección, pero ya se sabe que exactamente no hay nada.

La ascensión

*"Believe me, he who does not think
of the wants of the poor is not
a member of the body of Christ.
For if one member suffers, all suffer."
St. Alphege of Canterbury.*

L a gente hace del Papa un montón de chistes y jaranas y cuentos y ya se saben cosas sobre el papa y la papa y los papás y el paternalismo y la ascensión de la virgen a pesar de los ángeles atados al cuello.

Escenas para turistas

Fidel habló en la TV. Dijo cómo reaccionar y cómo comportarse; cómo debe hacerlo un pueblo de gente como nosotros. Así que tolerancia para los ateos y contención para los religiosos. Es increíble, ahora la gente dice con orgullo que es religiosa y va a misa los domingos.

En la Plaza han montado un altar, desde allí el Papa hablará al pueblo. Esto ocurrirá en varias provincias y supongo que en todas se hable de lo mismo y también se hagan chistes y los cuentos sean una noria alrededor del acontecimiento.

Cuando estuve en Camagüey escuché algo. Vi los carteles del Papa agarrado de una cruz muy fina, en un montón de puertas. Parece un chiste, me dije. El tipo se agarra de la cruz para no irse de circulación, para no salir de pase. La gente se prepara. Arreglan las calles, pintan por primera vez en no sé cuánto y recortan la hierba. "Se ven muy lindas las catedrales".

Cuando el arzobispo de La Habana sale en la TV, a las diez de la noche, tiene cara de TV y habla. Apoya las manos sobre una mesa larga, de lado a lado de la pantalla. Sobre la mesa y en un extremo está la foto del papa mirando hacia el que mira del otro lado de la pantalla:

La ascensión

nosotros. En el otro extremo está la Virgen de la Caridad, de gala. Fabulosa.

En la Plaza habrá gradas para observar el espectáculo. No el que pasan hoy en la TV sino el otro. Las mismas gradas que las del carnaval. Acontecimiento en años para este pueblo descreído que torna sus ojos al representante de Dios. Yo estoy algo curiosa y es natural, por eso salgo en la madrugada para dar algunas vueltas y converso un poco, y veo algunos carteles que anuncian, que nos citan con la letra similar a la de una citación para un primero de mayo. En uno de esos carteles alguien agregó: descarados, la plaza tiene nombre y es de la revolución. Este tipo de cosas en pleno Vedado.

Como los precios de los hoteles subieron y los pasajes también, muchos comentan que es un buen negocio. Otros, que quizá todo vaya mejor. Que si para bien de la economía que si para cambio político. Algo espera la gente, muchísimos poder rezar en paz y seguir con el asunto de la otra mejilla. Esperan los descreídos también. Hasta yo, metida en la celebración para no pensar en el hambre.

Martes, 23 de junio

Querida Pi, tengo sueño y no puedo dormir. He salido de la casa de mi madre y estoy en una sala ajena, rodeada de agua. He de esperar que sequen el piso, mi inhabilidad habitual me limita a esta butaca donde encojo los pies con manchas de tizne. He pensado en llamar a alguien por teléfono y pedirle que me sople un viento reconfortante por el auricular. Pero quién me va a decir que todo está bien, que ni el calor siente y que ya ha comido.

Martes, 23 de junio

Todo se ha enredado desde que estallara la goma delantera de mi bicicleta, desde entonces he visto muy pocas cosas hermosas: unos mogotes antiquísimos; un valle desierto y apestado de sol; mil nubes agilísimas que son una y otra con el toque del viento. Lo demás queda en el margen de los sucesos trágicos. Marta, que es quien seca el piso alrededor de mi butaca, dice que no quiere que le pase más nada. Acaba de explotar la cocina y el fuego fue tan grande que el olor de las cosas chamuscadas estará aquí por un buen tiempo. Yo recordaré la cara de Marta más roja que el fuego por la rabia y la impotencia y recordaré la noche, el día entero buscando qué comer. Sin cocina no hay alivio aunque, a veces, ni con ella consigue uno apaciguar la pena, dijo.

Yo espero porque ya me agité bastante, más de lo que realmente me deja hacer esta falta de energía. Vapuleada por la histeria tiré jarros y jarros de agua con Marta y con el yerno y con la hija. Cuando todo estuvo sepultado recordé por qué había venido y me pregunté si fue para vivir esta escena, que es más fuerte y más breve que mi viaje a Viñales con una mujer que detesto,

Escenas para turistas

o que los días que he pasado sin la bicicleta, intentado conseguir dinero para arreglar el ponche. Como para comparar la ira cierta de Marta con mi falta de voluntad para seguir o negarme. Así me fui y es ahora que regreso a buscar el dichoso instrumento que me traslada y mientras la cosa cede, miro la pantalla.

En la pantalla de la tele dictan cifras. Un millón de instalaciones deportivas para que nuestro pueblo haga ejercicios, exploten esa ansiedad, esas ganas de correr ochocientos metros planos hacia afuera, no en redondo. Y dicen que esperan aclararlo todo, o eso creo yo entender, y que el hombre es el centro de su atención y que…

¿Por qué estoy en una sala ajena? Por la bicicleta. Tuve que venir a buscarla después de unos cuantos días sin ella. Por la falta de tiempo, que es lo que me sobra, por la incapacidad para acordar tiempos entre Marta y yo, que me había invitado a comer.

¿Por qué estoy en la sala de Marta? Por la cena y el gusto de la compañía, y a recoger la bicicleta. Aquí la dejé una noche, un sábado en que por un maldito agujero se le escapó todo el aire que la hace rodar y vine, a

Martes, 23 de junio

las tantas, a pedirle a Marta la guardara aquí porque no creo que llegara con la bicicleta a cuestas hasta la casa de mi madre ni a reunirme con aquella mujer con la que me iba, al otro día, temprano. Aquí mismo, mientras pedía el resguardo del instrumento, lloraba sin lágrimas la pena. Qué bolero aquella noche, y Marta escuchando. Dejó de ver la novela y soltó dos o tres consejos atinados que yo no escuchaba porque ya era tarde y ya estaba decidido que dejara allí la bicicleta y me fuera a Viñales con aquella mujer aunque la odiara. Pero es obvio que no debes ir, me dijo Marta como si leyera en los signos: la goma desinflada, la hora tardía, la ausencia de deseo. Y ni siquiera soporto su aliento, pensaba, pero no le dije a Marta. Pero ya pasó. Ya fui y estoy de vuelta, justo hoy. Finalmente, he esperado tres largas horas en una escalera, chorreando el fango. Llovía tan fuerte que me acuclillé en un quicio y abrí el libro que cargaba para traspasarme. El libro dijo: "la angustia implica una reflexión del tiempo: no nos angustia lo presente, sino lo pasado o lo venidero".

Donde le cuento

Volví al barrio chino, al mismo lugar, a comer la misma comida y a la misma hora, pero un lunes. Estaba casi vacío cuando entramos. La única mesa ocupada lo estaba por dos parejas hétero (parezco racista). Una pareja mayor que la otra. El hombre de la pareja más joven estaba completamente borracho y gritaba pingas y cojones. La mujer, ni abría la boca o lo hacía sólo para meterse alcohol en el gaznate. El hombre de la pareja mayor daba consejos al que gritaba, pero

Donde le cuento

lejos de calmarlo lo hacía sentir más impotente, supongo. Decía más o menos que se dejara de joder tanto, que si estaba tan cabriao que la matara. Y el que estaba molesto decía que sí, que él era hombre a tó y que tenía dinero pa pagal y que era bien cubano y que a la miedda su mujer, puta e' miedda (la mujer estaba al lado y ni pío), que a la miedda los cochinos extranjeros y se las agarró con el tipo que canta en el restaurante y lo puso a cantar música mejicana (rancheras, te lo juro) y tremendo show hasta que salió el dueño o el jefe del lugar (en este país todavía no se sabe bien si dueño o director) que era un chinito flaco y viejo que trataba de calmar al tipo borracho y daba tremenda risa.

Así estuvieron un buen rato. Salía y entraba el chino. Gritaba y se callaba el tipo borracho. Durante todo ese tiempo yo también tiraba alcohol y maripositas de las más baratas, que son las más grasientas, y entraron unos extranjeros que se sentaron en la mesa vacía que estaba entre nosotros y el cuarteto alcohólico.

Los extranjeros hablaban en inglés, eran gordos, ella y él, blancos, colorados, estaban llenos de sudor y como

Escenas para turistas

no les gustó el espectáculo, comieron a toda velocidad y se largaron. A mi derecha, en la mesa a mi derecha, se sentaron unas muchachas que pedían la comida por turnos. Primero un plato y cuando terminaban, otra vez la carta y otro plato. Me pareció genial. Así una va pidiendo y comiendo y está bien segura de lo que quiere cuando lo quiere y después de qué. Así pasé de la escena de los extranjeros a las muchachas que eran una pareja y que gracias a la cercanía de las mesas supe que no estaban de muy buen humor. No eran flacas ni gordas, aunque algo pasaditas, una rubia y otra castaña. La última con espejuelos de armadura fina y metálica, a la rubia le veía los muslos porque usaba un short blanco muy corto. Discutían. Ponían tremenda cara, las dos, y una miraba afuera y la otra miraba enfrente y la rubia le decía que cómo era posible que hubiese pasado lo que pasó y la trigueña decía que para ella era imposible de explicar pero que haría todo lo posible porque la cosa saliera bien. Tenían problemas con unos papeles y la trigueña tenía acento mejicano. La rubia era cubana. Las dos terminaron antes que nosotros aunque empezaron después.

Donde le cuento

No me di cuenta cuándo se fueron porque salí un momento a comprar unos cigarros sueltos y cuando regresé se habían ido.

Entonces entró una mujer muy trigueña, como india, con cuatro muchachos, cámara fotográfica por medio y una bulla tremenda. Mucha alegría y se sentaron en la mesa larga que fue de nosotras cuando tú y yo, aquel domingo. Yo tenía puesto el pareo que compraste en una de esas islas aunque estaba segura de que iba a La Habana Vieja, no a la playa, y Juan, que fue quien pagó los tragos, me dijo que me veía muy bien porque él casi se caía o yo estaba muy simpática. Todo lo simpática que trato de estar para que no se note cuánto te extraño, que acabo de gastar el único dinero, todo lo simpática que me ponen tres cervezas y un cigarro, de esos, fumado a escondidas.

La terminal

Hasta las doce del mediodía no pasa nada que nos lleve. Estamos en medio de un montón de gente con paquetes, niños y perros como si todo fuera lo mismo. Una cafetería estrecha y sucia anuncia sus pizzas flacas a tres pesos. Un tipo vende bocaditos hechos en su casa y rellenos con mortadella de la que venden por la libreta. No sé cómo las resuelven pero allí está el pan con su aspecto de bocadillo del infierno, al mismo precio que las pizzas. Nadie sabe lo que es un bocadito o una pizza, por eso tenemos tantos problemas, por eso nos descomponemos tanto y la boca y los sentidos se nos hacen agua de sólo mirar un producto fotografiado en una revista extranjera. Yo he comprado dos prus con el dinero de Ela, por supuesto. Pasa el tiempo y la gente se acelera cuando pasa un camión o viene un carro.

Luego de media hora más, y esto es una verdadera suerte, llega nuestro camión que es un pedazo de trasto viejo, con asientos en forma de banquillos laterales. Ellos, los dueños, suponen que no es tanto problema viajar, sin techo, cuatro horas bajo el sol del mediodía en estos asientos, aunque la mayoría va de pie, la mayoría que no tuvo suerte al forcejear para ganarse la entrada por encima de los listones de madera, que simulan la baranda del camión, y sobre las ruedas gigantes. Nada más salir, pasamos por un agromercado y junto con nosotros colocan tres puercos enormes, atados, con una horrorosa peste, sin que nadie diga esta boca es mía.

A mí me parece muy raro que en un camión donde trasladan pasajeros incómodos y se pagan diez pesos, vengan puercos atados que chillan todo el trayecto además de apestar y cagarse al borde de mis zapatos. Los puercos ocupan mucho espacio, ladeados, no tienen otra posibilidad. Ruedan entre las piernas de todos, cuando nos movemos. A uno de los puercos le sangra una oreja, porque para subirlos al camión utilizan las orejas y el rabo como palancas o maniguetas irrompibles. Salvajes, dijo Ela. Los puercos, con los ojos desorbitados, bufan y algunos hemos comenzado a quejarnos bajito sin que los dueños se inmuten. Un pasajero dice que la ley prohibe estas cosas pero continúa el viaje, ahora con una molestia de más. Trato de mirar el paisaje a pesar del maldito asiento, de la peste, del sol, los chillidos, la sangre, la mierda y el humo negro irrespirable que lanza el tubo de escape del camión y pienso que en realidad deben pagarnos por estar aquí, porque nos montemos en esto, pero la realidad está tan subvertida que "el paseíto" nos cuesta caro, más la angustia. Trasladarse se convierte en un infierno muy molesto que intentamos evitar muchos. A veces se me olvidan estas cosas, especialmente cuando siento miedo de morirme dentro de mi casa, la casa de mi madre, viendo los vidrios rotos mientras florece y desflorece la mata de mango de los vecinos de enfrente.

Ácido Muriático

Para denominar estados, uno se empeña en categorizar, y al hacerlo, buscamos un nombre existente; buscamos acercarlo a lo ya conocido, establecido, predeterminado.

El camino: Una carretera que pasa por Alamar hasta las playas del este. Vía para ciclos, llena de polvo, vidrios, montículos de arena, suelo irregular y agujereado, "bacheado", o como sea.

Escenas para turistas

El transporte: Una motocicleta, chapa HK, roja, marca imposible de recordar, para dos personas.

La hora: Mediodía.

El día: Sábado.

Veo lo que antes fuera el palacio de pioneros: Tarará. Flachazos. Soy niña y con un montón de otros pioneros regreso del campamento. No recuerdo la llegada. Recuerdo: hacía frío. Yo tenía un suéter rojo vino de punto, gastado. Dormía en una litera, odiaba estar allí. No me divertí en gran manera ni sufrí en demasía. No recuerdo nada más que escribí una ponencia sobre Martí, porque sobre él eran todas las ponencias, y que gané a pesar de las faltas de ortografía. Que la playa tenía piedras y había lugares especiales para asmáticos. Nunca he sido asmática.

La holgura de presiones externas, abre una puerta hacia las opresiones internas. Cierra las líneas regulares haciendo ángulos cotidianos, cansinos y perfectos.

Las salidas a lugares muy visitados, pero que la continuidad horaria vuelven lejanos, hacen que reconstruyas tu expansión en minutos, que alucines tiempo de estar desocupada, que sientas la necesidad de ausentarte relojes.

Ácido muriático

Recuerdo que cantamos: "qué bonito el campamento, visto desde un aeroplano, qué bonito es ver caer cuatro bombas sobre él, y que todo quede plano", etc.

Tarará, actualmente Villa Tararaco, algo más turístico para los turistas, comenta Ela que no se considera "eso", está despintada, no veo el deslizador, sólo el agua, ¿el río? en uno de sus bordes y la posta. Justo allí preguntamos el camino más directo a la playa más cercana. El CVP de guardia nos indica y agrega que, por ser nosotras, nos deja pasar —en realidad ha descubierto el acento de Ela— nos dice que por dentro cortamos camino y que si queremos, hay una playa, lindísima, aquí mismo, insiste, y empieza con la promoción y la venta.

Hacemos la motorizada en Tarará. Otra vez los edificios y los años se quedan lejos. La hierba lo invade todo, sólo hay paredes desconchadas sin marcos ni puertas. Unas pocas construcciones sobreviven. Un policlínico o algo similar. En una de las cuadras más cercanas a la playa privada —lo de privada es real, así la llaman— unos obreros chorrean de todo, incluyo aquí sus groserías que presumen ser chistes generosos. A la derecha está la playa y un prieto con uniforme que nos invita a dejar la moto, por sólo un dólar, y además, vemos que hay aparaticos acuáticos de hacer bulla y regar petróleo y sombrillones y sillitas y cerveza y todos turistas o nativos aturistados por el uso del dólar, y el prieto, empieza a hablar cada vez más raro, con acento y todo, como un extranjero que no domina bien el español. Increíble, aunque siempre suceda, siempre nos parece increíble.

Le decimos que no, gracias, y nos vamos a recorrer. Descubrimos la marina con yates y el resto. Aquí la gente es más... alrededor de una piscina se emborrachan con el paisaje de fondo. Descubrimos otra zona de la primera playita bien sola. Estupendo, pensamos. Siento el ruido de las olas y miro al cielo: no hay sol fuerte, son las cuatro y algo, y el aire... etc. Aquí se pone algo bien romántico, todos sabemos que se puede citar algo de guet o buscar similitudes entre el sonido del mundo y la música de véber, así, así... porque para describir estados una se empeña en categorizar y al hacerlo se buscan alegorías o nombres para adjetivar algo que deseamos cercar y establecer o nombrar porque no es posible abandonarse a los sentidos y ya.

Guáimaro

Mafinfa hunde el hocico en la mierda y traga. Igual a Goyito, carajo, un saco de piojos en la tripa de Aida. Trabaja y trabaja, la infeliz, para llenarle la panza al marido y a la puerca.

El hocico de la puerca es un conducto, la conexión entre lo que finaliza Aida y el inicio de sus vidas en común. Mafinfa devora, en la cazuela, los restos de lo que no tragó Goyito que ha de tragarse a Mafinfa para fin de año.

Escenas para turistas

El olor del carbón lo pudre todo. El pelo, la ropa. Hace capas oscuras en las vías respiratorias de Aida, de Goyito y Mafinfa, que está alejada pero convive revolviendo el hocico-chupón dentro de la cazuela tiznada.

Nadie en este pueblo mira al cielo. No digo a dios sino a las nubes, esas cosas de antes, de siempre y que disipan. Se levanta Aida, se levanta Goyito y se pegan de lunes a lunes hasta el último día del año.

El próximo hará un círculo perfectamente idéntico al anterior y así se cala una secuencia de generaciones que va desde Aida hasta sus nietas y de Goyito hasta el último parto de Mafinfa. El círculo puede romperse cuando un hijo de la puerca muere o si uno de los dueños de la puerca pare un hijo que va hasta otro pueblo y cambia de oficio intentando la secuencia idéntica pero acelerada que sirve para adquirir dos o tres Mafinfas.

El cielo se encapota; las nubes, a veces, asemejan tizne, cabezas de Aidas, Goyitos revueltas en un espacio mínimo e infinito. El cielo enrojece, se parte de nubes y Aida está pegada al suelo, sonriente, mientras sirve una loma de arroz bien engrasado que infle la tripa del marido.

Guáimaro

Esto es a las doce y se repite a las seis. Cuando ya está oscuro, los restos van a dar contra el hocico de la puerca que tiene ojos chiquitos e inexpresivos como todos los animales infelices.

La puerca chilla, Aida pelea. Goyito va de un sillón a la cama y de la cama a la mesa tocándose la panza. Deja la silla fuera de lugar y Aida tropieza, sonriente, las manos llenas de tizne.

También está el pozo, los asientos gastados frente a la loma de arroz, a un costado la olla pita.

El cielo no revienta y llegan gotas de mercurio, azogue opaco que va a la sangre, al riñón y tupe los absorbentes exteriores. El caño de escape es una solución simbólica. El cielo sigue bien arriba. La sombra de las tiñosas dibuja círculos encima de sus cabezas.

Descripción de El cayo

Una música rica suena delante pero es el fondo. Alguna gente pasa por detrás que puede ser el frente. Un grupo de hombres jóvenes, sentados en el parque, grita. Una mancha muerde a otra mancha, y esta escena ocurre en el muro pequeño que tengo enfrente. Un hombre viene a recoger al perro, que se me ha pegado por la derecha y se frota suave. Un perro de lana negra que el hombre agarra para darle unos cuantos manotazos violentos. El hombre, mientras pega, dice:

Descripción de El Cayo

no puedes salir, no puedes irte a la calle. Le habla al perro que aguanta los golpes y esconde el rabo.

Los del parque, aunque están afuera de sus casas, se sienten prisioneros porque siempre hay un espacio mayor que se cierra sobre un espacio más pequeño. El agua, por ejemplo, se cierra sobre el cayo que es lo que contiene sus casas y el único parque. No sé cómo llego a pensar que el perro tiene menos libertad que esos muchachos que pasan buena parte del día allí, dándole a la lengua.

El dueño entra a su casa con su perro golpeado y seguro. La casa está a la izquierda. Por la derecha viene Ela con la buena noticia de que ha encontrado pan, y la lancha, que esperamos, asoma al frente. Durante el viaje, Ela establece comunicación con un grupo de ingleses que estudian en la universidad de Oriente. Tomaron un cursito sobre cultura cubana que los hará pensar que se las saben todas e irán contando por el mundo lo que suponen sobre nosotros. Le comentan a Ela, que con ese acento de ella debe parecerles una

Escenas para turistas

aliada, las fotos que tomaron de unos jóvenes sentados. Seguramente hacen la historia de un lindo cayo pequeño donde vieron gente tranquila disfrutando apaciblemente del sol que tienen todo el año en el parque.

El cayo

Después de recorrer un trecho por el camino construido, hacemos otro por un camino sin construir donde las casitas se alinean curvas sobre el trozo de agua. El fondo, esta vez, lo hacen las montañas y las palmas que resaltan estáticas.

Vivir aquí puede —podría— ser la paz de muchos durante algún tiempo, un buen rato de tiempo o durante toda la vida. Pero esta permanencia impuesta por el destino, que los ha hecho nacer aquí, los aplasta. Quieren largarse a una ciudad donde se obtengan mejores precios de buenos productos. Por eso se lanzan contra cualquiera. Se rajan. Se me acerca uno, cegado, que quiere irse a La Habana. La Habana, le digo, es otro pedazo de círculo que también siembra sus casas alrededor del agua en un espacio un poquito mayor como casi todas las ciudades, imagino. Y cuando ve cómo articulo y cuando se asegura de que no voy más allá de esto, que no soy más que una del mismo espacio suyo, me trata distinto.

Vivir aquí sería la paz de muchos que vengan de vuelta, espantados de un círculo mayor. Sólo hay una señal: el ruido de la lancha hacia un lado y hacia cualquier otro. Sonido que entra y sale sin distancia precisa y sin tiempo.

El palo del aura

Vamos arriba y abajo. Hacia un lado y hacia otro por la misma calle. Comemos algo en el Bodegón. Tres veces tomamos café en La Isabelica. Hacemos las cuentas. La marihuana nos entretiene pero está al irse. Veo a Caridad en el restaurante por pura casualidad y le presento a Ela. A la salida tratamos de encontrar algo de marihuana pero está desaparecida. Caridad nos lleva a su casa y a casa de su novia. Su novia vende cubalibres a dos pesos y de eso vive. Tienen un cuartico a medio hacer que les ha prestado el hermano mayor de Caridad. La madre de Caridad está saliendo con unos extranjeros para ver qué obtiene, pero dice que son unos tacaños. Caridad acaba de terminar su carrera. Es pediatra y debe pagar por sus estudios, así que tiene que irse al monte durante dos años seguidos a ver si paga. Está mal porque es muy lejos y lo que pasa para llegar hasta allá es terrible. Pero no lo toma tan en serio, se relaja y pide certificados médicos.

Nos han llevado a dar unas vueltas porque es fin de semana y estamos de visita. El paseo consiste en ir al parque del centro y sentarse en un banco. Las hileras de bancos están unas frente a otras. Todos los bancos ya están repletos cuando llegamos. Así que giramos unas dos esquinas en el mismo parque hasta que vemos un espacio perfecto para cuatro. Caridad dice que esto se llama el palo del aura, y consiste en salir de tu casa, llegar al parque, buscar un banco y mirar un rato al banco de enfrente mientras se comenta con el compañero no sólo lo que está delante sino lo que

El palo del aura

pasa o los que pasan buscando espacio para hacer lo mismo. Es un poco aburrido si tengo en cuenta que se trabaja toda la semana y que somos jóvenes. La otra opción es irse a una discoteca de esas de provincia, pero no quiero encerrarme allí a resbalar sobre los tragos de menta barata que se derraman en la pista de cemento pulido. Los lugares cómodos son en dólares y ni Caridad, que es pediatra; ni su novia que vende, arriesgándose, botellitas de cubalibres, pueden darse el lujo. Lo mío es distinto porque estoy de paso y me gusta dar vueltas, remirar con un poco de humo encima las cosas semiborradas y esto es un consuelo porque de tener antojos tampoco podría pagármelos.

Policíaco normal

Toda una aventura de cine negro francés con final austriaco. Esa es la noche en Baracoa. Con el tipo que apareció con una muestra minúscula de la existencia de la marihuana. Yo estoy cabrona pero disimulo. Ela hace todo muy correcta y con mucha esperanza, yo las he perdido todas y no veo dinero ni nada de nada. Intentamos vender ropa usada para tener más dinero sin ninguna suerte. Más tarde se nos ocurre un cambio directo para obtener más marihuana pero el que hará el canje se raja, dice que tenemos cara de fiana y bueno, nada se puede hacer. No podemos obligar al tipo, creo.

De todas formas, el tal Rader tiene algo y hemos pegado unas fumadas en una playita linda de Baracoa: botecitos y cae la tarde. Arena circular y palmeritas. Debajo de una de esas, Rader intenta esconder lo que no fumamos para que no nos agarren con todo, que sólo sea el que se consume para que en cualquier apuro, para que en cualquier caso, se pueda tirar.

El pánico que yo siento es diferente. Temo que no podamos encontrar el bultico de nuevo. Una vez que fumemos éste y que queramos irnos con lo otro. Enseguida volvemos al tema de la búsqueda total. Volvemos a planear cómo tener marihuana todo el tiempo. He intentado hablar claro con Rader, que no habla claro. Me canso de tanta desconfianza y sigo desconfiando pero callada, muy perseguida. La paranoia es mi fuerte hace muchos meses y más cuando prende el tajazo de la pegada. Así que miro a todos

Escenas para turistas

lados y nunca me relajo. Situación algo fea si se tiene en cuenta que trato de pasarla bien durante estas vacaciones, si no para qué tan pobre sentido de la distensión.

Las vueltas que dimos son incontables. Que si vender la ropa a otro que si aparece alguien con nuevos datos que alguien más debe saber. Para el final tenemos la noche cerrada sobre nosotros y la ausencia de esperanza de volver a nuestro bohío en el Toa. Nos demoramos para encontrar el bultico y por suerte puedo decir: claro, y poner mala cara como de que estaba segura e imagínate, pero lo encontramos.

La playita se ha vuelto siniestra. Todo el negro se ha cerrado sobre la arena que ya no es circular sino pesado suelo donde revolvemos los pies como si avanzáramos. La única referencia ahora son dos bordes de los que nos debemos alejar si queremos encontrar alguna salida. El bordecito semi claro que hace la espuma en la orilla y el alumbrado amarillento de las casitas del lugar. No estamos tan solos. Ela y Rader logran conversar, a mí me roba toda la atención el intento de mantener el equilibrio sobre la arena fumada. Mientras doy traspiés me entero que es imposible regresar al Toa. Vamos con el envolvente Rader hasta una casa para alquilar un cuarto y poder pasar la noche. Llegamos a la casa, nos mete en el cuarto y desaparece.

Antes, hemos armado tremenda pelotera por la desconfianza, sobre todo Ela que chilla a Rader que trata de responder mientras yo casi pataleo para que bajen un poco la voz y también grito. Según él, va a ponerse pantalones y a llevar a su novia al trabajo. Ela pone cara de sospecha: ¿al trabajo?, ¿de qué trabaja tu putica de noche?, parece decir. Entonces Rader dice que es enfermera, pero nadie ni él mismo lo cree, y que lo espera, que no nos preocupemos, que todo está bajo control, que no busquemos más marihuana, que lo volvamos a esperar para festejar y pasarla con lo que él tiene. Con lo que nosotras pagamos. Con lo que queda de la muestra. No sé quién le dijo que queremos pasarla con él, no sé qué piensa ése pero ya estoy molesta y fumada, dos cosas que no me gustan que anden juntas porque me parece un desperdicio, de verdad; entonces le decimos, sí, sí y el tipo se larga.

Escenas para turistas

La persecución me voltea. Ya dentro del cuarto alquilado registro todo y Ela colabora. Miramos las hendijas, atendemos las conversaciones que se escuchan en el cuarto de al lado, en la sala de espera, dentro del escaparate y bajo la cama, parece un chiste pero es real con situación de desamparo. Como todo está tan mal y nos sentimos perdidas liamos un cigarrón enorme y a la mierda. Como si quisiéramos tragarnos todo pero queda algo de la muestra. La histeria hace que yo deje la picadura cerca pero lejos de nuestras pertenencias por el asunto de las manos en la masa cuando llegue la policía. Nos largamos el pito con terror y en espera de que nos lance algún salvamento.

Revisamos, revisamos, revisamos, logro mirar por un resquicio el cuarto de al lado. Un espacio como el nuestro pero mayor y sin muebles, hay gente pero no sé cuántos. Ela intenta hacerme callar porque miro y comento. Y como hablo mientras pienso y como lo que pienso lo hago mientras miro y trato de escuchar, todo tiene relación con nosotras y el terror sube.

Y allí llega Rader con pantalones puestos. Los pantalones resultan ser unos yins azules. Rader tiene cara de contento, de tiempo libre, de trabajo resuelto, de ocasión y le ofrecemos lo que él sabe y ya probó antes y espera volver a probar sin que le importe que lo pagáramos a empujones porque para eso está él, para sacarle el dinero a las turistas de mierda, y para darles una singada si es necesario. Entonces nos mira despacito a una y a otra y nos dice que tenemos cara de habernos metido un bate y después que él fuma establecemos comunicación por diálogo. El diálogo: cualquiera. Nos comemos a preguntas como quien sabe e intenta agarrar al otro jugándonos la mala. Estamos tan arrebatadas que él nos mira desconcertado y sólo repite que nosotras estamos locas muy en serio porque le damos tantas vueltas a todo que podemos hacer volar cualquier situación de paz. Entonces saca el dinero para calmarnos, para taparnos la boca y empezar la fiesta, nos dice: vamos a ser amigos, y salimos a la calle.

En la calle nos dirige el camino, terminamos haciendo lo que se le antoja y debemos creer que la pasaremos bien. Vamos por la principal del pueblo que está llena de

Escenas para turistas

gente que da vueltas alrededor de los banquitos del parque, gente en los bancos con cara de fin de semana conversando con la soltura del domingo por delante. Esto es un asco, y cuando él dice que lo esperemos, que va a comprar cigarros, Ela y yo nos largamos por otra calle que jamás hemos visto, menos animada.

Estoy tan perseguida que quiero que pase todo esto de inmediato. Ela también quiere algo imposible, como siempre, irse al Toa a esta hora de la noche. Regresamos hasta la casa donde se supone durmiéramos hoy gracias a la ayuda de Rader pero no la hallamos. Yo no recuerdo el número ni veo nada y como sigo tan fumada me da lo mismo pasarla dando vueltas de allá para acá viéndole la cara a la gente del pueblo o detrás de un poste evitándolos. Pero el llamado de la conciencia de Ela me dicta justicia nocturna: debemos encontrar la casa o largarnos. Soluciones imposibles.

Dando vueltas, como el programa de la Tele, tropezamos con una chica de las que se prostituye en la casa que buscamos. Ya tenemos las coordenadas pero al llegar la dueña dice que lo siente, que perdimos el

Policíaco normal

cuarto, que ahora está ocupado, que Rader le ha dicho que nos marchamos en un carro para el Toa. Un carro para el Toa, leo en la cara de Ela. Del cuarto sale una jinetera gorda y luego la cara del puñetero turista, los ocupantes de lo que fuera nuestro cuarto, para que nos quede claro la falta de espacio. La dueña está apenada pero no cede y los datos que nos lanza son para orientarnos en sentido traslaticio. Media vuelta: la noche, algo de frío, y muchos mosquitos. Yo sigo en short y fumada pero me planto en la esquina y hago señas a cualquier cosa que pasa —un yip, dos bicicletas— mientras todos ponen cara de desequilibrio mental, que somos unas desequilibradas, que estamos locas si pensamos regresar tan tarde —son apenas las diez de la noche— a ninguna parte.

Empiezo a cansarme. Ahora me toca otro turno de vigilia y trabajoso esfuerzo para convencer a Ela que tenemos que dormir aquí o relajarnos, pero todo aquí. El Toa, nada lejos, es un lugar inaccesible después que el sol se pone.

Viene a mi mente la calle donde averiguamos un

alquiler el día de nuestra llegada y nos prendemos a un bicitaxi, que es una especie de culí oriental en versión nacionalista, y lo hacemos pedalear contra mi voluntad y sólo porque estamos desesperadas, no me gusta nada ver cómo alguien suda mientras me traslada, de noche, hasta la calle de la supuesta memoria. El dueño lo tiene todo ocupado pero nos lanza un dato de posibilidad insegura cerca de allí. En un par de vueltas más estoy hablando con la dueña que nos hace esperar y nos enseña el cuarto espléndido con sábanas limpias y un agujero enorme en el techo.

Estamos sucias, cansadas y hemos mentido, no podemos decir que Ela es extranjera porque nos cobrarían lo que no tenemos y me lanzo contra el colchón y me aplasto en la sábana para que llegue el sueño pronto y me volteo y cuando me volteo descubro que me ha pescado la menstruación. Tanto evitarlo y me voy al baño que tiene un agua algo sucia recogida en un tanque metálico muy oxidado.

Nos logramos dormir gracias a la muestra última de marihuana. Por la mañana despertamos y luego de pasar por el agua recogida, de nuevo, hacemos preguntas que nos desorientan hasta la próxima información.

Como hoy debemos irnos del Toa para Santiago, podríamos aprovechar la mañana y el lugar, pero lo de anoche nos retrasa. Así que usamos parte de la mañana en llegar al Toa por nuestras cosas. Después de todo estamos tranquilas, nuestro curso establecido continúa a pesar de los bandazos o impedimentos.

Evidencia de intimidad

Después que llego del monte y que me borro el fango con un trapito, con un recorte, con las mangas que han sido arrancadas del pulóver del viaje, me apuro para el concierto en la catedral. Hago un montón de basura con las notas que ha dejado Mayra y cuando menos lo espero, está ella diciendo qué tal, delante de la puerta. Entonces se ajusta. Quiero decir que yo me ajusto y voy con ella y somos ya un grupo escaso hacia el concierto. Yo sólo pienso: la ciudad y las luces, y cuando estamos allí lo que veo es la penumbra de la ciudad, sin luces, de noche y en una esquina a Teresa, fumada, saludándome como si no fuera yo

Evidencia de intimidad

misma la que ha estado con ella en aquel viaje, seis horas atrás, en medio del monte frotándonos las manos de sólo pensar que conseguiríamos marihuana, para poder disfrutar del paisaje. Teresa me pregunta: ¿cómo es que estoy aquí? No sé, le digo. ¿Cómo es que estoy yo aquí, con otra compañía que ni siquiera deseo? No sé, es que me da una pena tremenda y es que no sé cómo estoy aquí, insiste. Y su cara es una cara que no puedo describir ahora que estoy tan tensa, delante de Teresa que ha escapado de su compañía para desensartar estas estupideces, que cuelan pesadas por las orejas de mi compañía. Yo tengo un dolor que es una pena seca y que no duele ni deja huellas perceptibles cuando Teresa desaparece porque el grupo de gente nos arrastra lejos a una de la otra, como en una de esas película recurrentes del sábado donde, a causa de una catástrofe, el suelo se raja o un viento hace desaparecer a la pareja de la protagonista...

Y yo sigo como antes, con Mayra y con Elaine y con Sobeida y qué hago aquí, me digo a mí misma cuando ya el concierto casi cierra, cuando no queda más que un desfile de gente medio borracha que se arrastra a

Escenas para turistas

cualquier lugar como Teresa, como yo misma que ya estoy instalada en la sala de Sobeida, viendo a Elaine sacar la lengua, continuamente, para meterla en la boca de Sobeida que se recuesta, asfixiada, al colchón donde vamos a dormir esta madrugada Mayra y yo. Y el cuerpo de Mayra, que es pesado, se ha corrido al centro de mi cuerpo que está aún más pesado y es por eso que no escapa cuando yo misma no estoy allí, aunque parezca, y no le digo más que: oye, Mayra, por qué no te halas unas tres rayas de esto, dale, anda, métetelo como si fuera medicina, y a ver si se te mejora la facha, o si se me mejora el carácter, o si me viene la energía, pero esto último, casi todo lo último, no lo digo sino que me lo susurro mientras marco tres líneas cortas sobre un vidrio azul, que me regalara Pi, en el aeropuerto, antes de irse.

Arriba del vidrio de Pi está la cara de Mayra que bien podría ser la cara de Teresa, pero no es así. Y lo es menos cuando me mira fijo con esos, sus contornos redondos, y con manos blandas agarra las manos esquivas mías y las pone sobre sus orejas, que se le vuelan calientes y claro, yo no sé más, yo no sé más, yo cierro los ojos.

Sobre Ela que es, a veces, Teresa

Soy nativa. Ela es turista. En casa de Ela soy turista. Ela en su casa es nativa. Así que en su casa, como turista, no entiendo los hábitos de estos nativos de mierda. Voy allí. Quiero ser nativa y aprendo su comportamiento a través de la nativa más cercana, Ela. Como nativa y turista que somos nos surgen los habituales problemas de incomunicación comunicacional. No quiero más cerca otra nativa. Esta nativa me parece idónea porque es turista como yo, afuera, y adentro maneja algunos de mis códigos. Son muy sensibles los nativos. Infalibles cuando tienen la palma (la techumbre) lejos. Infantiles o nostálgicos. Ela tiene arranques de premura existenciosociosituacional. Nos preparamos diálogos inconexos y volamos. Afuera la luna es nativa. Dentro la mesa es turística. En redor el aire está viciado. Socialmente somos escatológicas. Humanamente pueriles. Políticamente insensibles y mi estómago crece o se avienta. Depende de la dieta.

Incompleto

Compro drina a seis pesos cada una, y me voy a descargar con Ela, hasta las cinco de la tarde. Nos metemos tres – cuatro – seis – las machacamos —con algo bajan. Con tremendo prende nos largamos al cine. Cada una con cada otra en el mismo lugar. Ela con Sandra. Yo con esta mujer que detesto e insiste sobre mi voluntad y deja recados y notas huecas por debajo de la puerta cuando me ausento. Yo con esta mujer con la que substituyo a Ela, con esta mujer que no entra en este estado pero ahora ya es con ella con quien voy a seguir y seguimos. Todo el viernes empastillándome. A partir de las 12, empastillándonos.

Escenas para turistas

Hemos tenido intentos de acercamiento, sin resultados agradables, hasta el sábado en que salimos a la Bahía porque necesito salir. Y mientras me largo, esperando dejarla en el colchón de la sala, abre los ojos y por esa boca dice que ella también viene.

Pienso que con Ela sería distinto pero estoy con Mayra y Mayra está aquí pero es probable que esté en otra parte: se dobla de la mala noche y no puede mirar lo que yo veo y ni entiende que es un fastidio su cara sorda. Tengo que irme afuera aunque no he dormido y si no duermo es porque me pesa el gusto de lo que dejo a la mitad. La tarde, ayer, el cine, la llegada, el montón de pastillas revolviéndose dentro hasta volverse el agua que me hace gotear las axilas. Y salgo. A sentir el aire con efectos de alcohol. Y cuando busco el dinero que me queda, para pagar los cigarros, lo hago callada. Doblando un poco el peso de mi pobre sombra sobre la cartera, como si en la curva estuviera el resguardo, la ensenada que resguarda los centavos que de tan pocos no quieren salir.

Y cuando los encuentro, los acumulo y pago, me

Incompleto

empujo todo el humo para ver si el día se corre, para ver si avanzo con esta pesadez de compañía que se tira bajo un árbol como si encontráramos allí todo. Todo lo que nos falta: un buen tema para paladearnos cercanas.

Otro día con sol de invierno

El domingo todavía estoy con las tres pero no en la casa sino en un espectáculo para niños, en el Mella, delante de un argentino, o de un uruguayo, muy famoso, que yo no conozco. Todo está muy animado y también canta una tal Rita. Canta unas cosas para niños pero igual todas estamos contentas, moviendo la cabeza hacia un lado y hacia otro hasta que se va la luz, y se arma un relajo de madre.

Otro día con sol de invierno

Después se organizan porque esa gente sí tiene ganas de trabajar y encima qué pena con el invitado: el extranjero que hacía reír antes de Rita. Nos piden colaboración, si se callan, dicen, segurito que se oye. Nos callamos. Es imposible que se oiga. Cómo se va a escuchar, dice una de las acomodadoras que se nos acerca, cómo, si están aquí arriba, bajen, bajen, cooperen. Cómo se les ocurre que se va a oír si esto es un teatro enorme y cómo es posible que se vaya la luz, hoy domingo, en medio del Vedado, en plena función para niños y con el invitado. Que salga el administrador, que diga algo, que llame a alguien, qué les pasa, cómo no dicen nada. Y nosotras gritamos que vamos, vamos, vamos pa'fuera.

Cuando salimos, otro montón de gente también sale y en el lobby empieza otra vez el espectáculo. Entre una cosa y otra se ha consumido mucho tiempo. Tiempo para pedir que nos callemos, tiempo para que obedezcamos, tiempo para que los niños no se rieguen, y tiempo para que salgamos todos y nos aglomeremos en la entrada. Y justo ahora, que los niños están menos excitados y se vuelve al susurro apenas perceptible, llega la luz, así que corremos, como todo el mundo, a cualquier asiento.

Escenas para turistas

Otra vez empieza el espectáculo. El invitado extranjero parece estar rabioso. Rita, cansada. Y los niños desconcentrados. Se trata de seguir y vuelven las canciones. Los niños se ríen y hasta se olvidan del incidente porque aplauden hasta que (han pasado unos minutos, muy pocos en realidad) se vuelve a ir la luz.

Después de lo de ayer y el poco sueño, quiero estar tranquila. A lo sumo reírme un poco pero la maldita corriente es toda sabotaje. Una guerra es todo esto, dice Sobeida, hay que tener un espíritu muy fuerte, porque te arrancan las ganas de cualquier cosa, insiste. Afuera, expulsadas del espectáculo por la falta de energía eléctrica, nos detenemos desorientadas en la acera, delante de un chorro de helado blanco, que es el único que venden a la salida del teatro.

Mi cara de felicidad retorna con tan poco. La maravilla, el milagro venido del cielo en un carrito que se planta debajo del sol para que gotee el helado por los agujeros de las esquinas. No tienen barquillos ni vasos. ¿No trajeron con ustedes una cacharrita donde ponerlo?, nos pregunta el vendedor con naturalidad.

Otro día con sol de invierno

Regresa el sentimiento de guerra. Más tarde, se siente la derrota: el precio es como de tres bolas de helados juntas pero la bola que sirven es mínima y está licuada.

Llego a mi casa después de unas largas horas en la parada de G y 23, intentando retener el mínimo dulzor de la gota líquida de aquel helado, compartido con Mayra, para no agriarme mientras esperaba la guagua. Al menos estoy en paz, me digo al llegar a la casa de mi madre que no está presente, al menos estaré en paz, me digo mientras sé que he podido dejar a Mayra atrás, lejos.

Ya en el cuarto, no me queda otra que sacarme la ropa y pegarme un baño caliente para relajar. Caliente no, que tendría que calentar agua en una cacharra y el gas está cortado. Son aproximadamente las seis de la tarde y el problema ya no es el gas ni la cacharra ni la hora ni el día sino el agua. No hay. Me rindo.

Duermo todo lo que no he podido durante los dos días anteriores. Y me despierto en otro día. Aproximadamente a las tres de la mañana.

Para los interesados, al final, hay ranas

Por qué nos fuimos a ver a los acuáticos lo sé. Porque siempre quería salirme, ver si moviéndome, aunque fuera a lo peor, se cambiaba un poco la tediosa coincidencia de los días. ¿Cuál coincidencia? La del mal vivir. La de ese sistema casi circular en donde me enredaba sin remedio a pesar de haber aprendido que la vida, o que la evolución de la vida, o que el movimiento vital o histórico de la vida sucede en espiral. Y a pesar de eso me arrastraba en redondo.

Para los interesados, al final, hay ranas

Ahora, intentando salirme de Teresa con la misma furia ciega, falta de voluntad, con la que me había metido dentro de ella.

Lo que pasó es que me fui con otra pensando en Teresa. Porque a pesar de que intentaba alejarme, salirme, cambiar la ruta, la seguía queriendo porque no es fácil obviar esa especie de intervalos cortos de felicidad que trae consigo la continua tragedia, la lucha por sobreponerse a los cambios de carácter, a los ataques de celos, la incomprensión y el egoísmo. Y porque después de cualquier batalla existencial de estas, terminábamos sobre la cama, fumándonos un cigarro para festejar que estábamos en el mismo espacio y habíamos sobrevivido la guerra. El fondo lo hacía un rocanrol barato y viejo que nos adormecía y edulcoraba el entorno haciéndolo parecer la gloria. ¿Y lo era? Comparado con esta nueva experiencia en la que quería irme, aquel había sido un mejor momento, al menos más auténtico.

Por eso, todavía, deseaba irme de viaje con Teresa pero esta vez no fue así. Ya habíamos ido demasiado lejos, Teresa y yo, sin que lo supiéramos. Ya nos habíamos alejado o había empezado la distancia. Y esta vez el viaje lo había preparado Mayra, aquella mujer que se me había pegado en una fiesta en la que no estaba Teresa, en la sala de la casa de unas amigas donde nos despedíamos de Pi, que se iba. En esa misma sala, donde se dedicó a llevarme tragos, como si hubiera aprendido maneras de geisha, me fregó el cuerpo con su cuerpo voluminoso y excesivamente blando, durante cualquier canción. Así que a la media noche, o ya en la madrugada, ella se sentía suficientemente cerca como para irse a mi lado, en el incómodo asiento trasero del carro de la empresa de Sobeida, hasta el aeropuerto para despedir a quien se iba, que nada tenía que ver con este enredo de ella, aunque ella siguiera allí como la marca insignificante de un arañazo.

Y por tenerla a ella pegada, otra vez, y más allá de sus insinuaciones persistentemente mudas, estaba yo encima de sus tetas, no, estaba ella encima, dejándome caer el peso de sus tetas, intentando calentarme y yo diciéndole que no podía, que no tenía ganas, que ya le había dicho que esto no iba a ninguna parte pero seguía ahí y ella, que era tan blanda, terminó arrastrando esa falta de energía suya a mi alrededor, hundiéndonos en nada.

Que así fue como pasaron casi semanas enteras en las que ella y yo nos veíamos y ella se portaba diferente a Teresa, y eso me hacía pensar que había caído en la normalidad y por eso, precisamente, trataba. Por la diferencia, porque qué mejor que la norma, al fin, al final, para salirme de toda esa vida extravagante que llevábamos Teresa y yo decorando las paredes de la sala, tapiando puertas y mesitas con recortes y dibujos, rasgando fotografías, reelaborándolas y comunicándonos por diarios… Y Mayra, esta nueva otra, preparó el viaje y dijo que el valle estaban en algún lugar de Pinar del Río y yo, que nunca lo había visto, le pregunté a una amiga de esa zona que nos dijo que sí, que sería interesante porque conoceríamos a los acuáticos, que lo curaban todo con agua, y que vivían fuera de… ¿Fuera de la norma?, le pregunté haciendo un cálculo inicial sobre la suma de las futuras desgracias. Y nos fuimos.

La primera desgracia fue irme con esta mujer en lugar de irme con Teresa. La primera desgracia fue que a

Escenas para turistas

Teresa pareció no importarle y nos prestó su casa de campaña. Es decir que la tuve que ver y dejarle saber que me largaba acompañada y feliz al campo. La primera desgracia fue, en realidad, que nunca la usamos porque a pesar de que yo quería dormir al aire libre, cubierta sólo por el plástico de la casa, no se podía, porque no es conveniente que dos mujeres duerman a la intemperie. Lo que vino después es que Mayra tenía contactos y un tipo de esos típicos, que trabajan en las instituciones y tienen poderes, nos consiguió una cabaña de cemento en un 'campismo' que cerraba durante la semana. Precisamente en este tiempo estaríamos nosotras solas y protegidas allí, nos dijo. Lo otro es que yo no tenía ningún dinero y dependía de ella y encima tenía poca yerba y mala y esto no me dejaría alejarme apropiadamente de la realidad y ella, mi compañía, era tanta desgracia que no entendía bien el humo y se hacía la lacia intentando seducir o ponerse a tono provocándome un semiasco paralizador, donde yo evitaba cualquier contacto físico con ella, aunque medio cedía a soltar un poco de baba mustia sobre cualquier parte de su cuerpo, que siempre

Para los interesados, al final, hay ranas

parecía dormido. Ya estaba metida en aquello y quería salir de Teresa y quería irme a perpetuar un cambio pero fue asqueroso. Como todo lo que devela esa especie de cansancio genésico y la falsa empatía.

La primera desgracia no fue la casa de campaña ni la mala lengua de Teresa cuando supo que de verdad nos íbamos, porque nada es comparable con la agresividad abierta de los pinareños, contrarios a cualquier cosa que significara dos mujeres solas y juntas. La primera desgracia no era el odio de los varones sino las ranas y Mayra. La primera desgracia era yo misma intentando hacer la espiral definitivamente ascendente y en vez, circulando con la nariz pegadísima al polvo que esta mujer levantaba cuando se movía, arrastrando los pies.

Pero ya no importa el orden de las desgracias si la tirantez era general. Una mañana en la que me tiré un cigarrito flaco muy muy malo, me puse más mareada de lo que realmente era porque así lo necesitaba y nos metimos en la cáscara de una montañita seca que llaman mogotes y que resultan ser antiquísimos y completamente huecos. Allí entramos, yo delante con la sombra imperti-

Escenas para turistas

nente de ella sobre mi espalda. Yo nunca le dije y, por el contrario, trataba de justificarme: que yo no tenía nada para su incumbencia, que no entendía por qué ella seguía allí y hasta se tiraba incómodamente en el colchón estrecho que tenía en casa de mi madre. Ahí era cuando más la odiaba porque trastocaba todo. Me quitaba el libro que leía y lo dejaba tirado en medio de la página, y con su energía agotada intentaba hacer espacio en el espacio mínimo del colchón y yo no dormía, y al mismo tiempo me daba pena, y no la mandaba a su casa, no podía, tan lejos, de noche y en bicicleta.

Eso sucedió muchas veces después o quizás antes, pero ahora estábamos en los mogotes de donde salí yo en cinco minutos con un ataque de pánico controlado, porque no la soportaba conmigo en un espacio tan cerrado, tan incierto y tan oscuro. Ella puede haber pensado en muchas cosas mientras yo disimulaba mi voz temblorosa, y para desvirtuarla de mis interioridades señalaba afuera, le decía, mira esto, mira lo otro, aquí hay un espacio mayor, pero la verdad es que hubiera querido poderme entretener sola y aunque podía no podía...

Para los interesados, al final, hay ranas

pero no puedo explicarlo.

La primera desgracia era que estábamos juntas sin que lo necesitáramos o lo necesitábamos sólo para darnos cuenta, ¿se habrá dado cuenta ella?, de cuán equivocada anda una si piensa que puede salirse así como así de las cosas, o de cómo las cosas, especialmente con ella, generalmente aparentan lo contrario a lo que son, sobre todo si lo necesitamos.

La primera desgracia fue salirnos para entrar a un mundo ajeno intentando apreciarlo diferente pero sin dejar de ser intrusas. Porque, en definitiva, hicimos lo mismo que el resto de los turistas, casi siempre extranjeros atraídos, como nosotras, por aquellos 'seres' fuera del margen, digo, fuera de la norma, al margen, que se agrupan en casitas construidas alrededor de una montaña. Alrededor y ascendentemente fascinante.

Desde la ladera vimos la primera casa y al seguirla nos sacó de ella el camino llevándonos a una segunda casa, en un nivel superior, haciendo unas tras otras la fascinante figura de una espiral, que es aquello que había aprendido yo en la escuela sobre el movimiento ascendente, revolucionario, de las cosas. A esta nueva desgracia se le puede sumar la falta de control que tuve en irme allí, como si llegar al lugar que todos nos sugerían, me fuera a ayudar a resolver todo este asunto que arrastraba yo desde la adolescencia. Un asunto incomprensible por profundo y que yo asociaba con la contradicción geométrica entre estos dos modos de ver la resolución de las cosas: el círculo y la espiral.

El punto es que se llega, no con bastante facilidad, a la cima de la loma y allí es donde está la casa del patriarca, del señor más viejo de todos, quien resultó ser el padre de las familias que vivían en niveles inferiores. Él estaba allí, más pegado al cielo que el resto de la prole, con un frente de casa más liso y más pelado que el de los otros y desde aquel lugar, sentado en un taburete, nos señaló las tierras que trabajaba antes de lo que él llamaba el desastre. El tipo era isleño o su familia lo era y había llegado al valle desde que era un chiquito para no morirse de hambre, y como había aprendido a sobrevivir gracias a su individualidad ¿o a su egoísmo?, no entendía por qué debía compartir, ceder, dejarle la tierra a gente que nunca había estado por los alrededores, que habían venido después o que ni siquiera, decía, sabían cómo trabajarla y no la merecían.

Yo no sé qué era aquello sobre la selección que hacía el viejo, no sé, porque mientras decía que la tierra no era de nadie decía que era suya y se contradecía. Yo no sé qué era aquello sobre la selección que hacía el viejo porque en lo del ascenso, en cuanto a lo que me habían enseñado de la espiral, creía yo que cabría todo el mundo y más las cosas que de los acuáticos venía porque si no ¿para qué construir las casas de ese modo tan dialéctico?

A esas alturas, literalmente, había olvidado yo mis desgracias, las cuales comparadas eran inexistentes, y pensaba en cómo descifrar la desgracia ajena, en qué consistía este asunto de la marginalidad de los acuáticos y en qué consistía su magia.

El primer asunto lo escuché de labios del isleño sin que le preguntáramos mucho porque el hombre, desde su taburete, escupía su amargura convertida en la tiranía que se hacía evidente cuando le hablaba a una señora flaca, con un delantal manchado, que entraba y salía de la casa de tablas, y cuando protestaba contra el sistema diciendo que no era tan bueno ni tan humano, porque no lo escuchaban y los tenían sin luz, a estas alturas, sin escuelas y sin libreta. Todo porque no hemos cedido, porque los hemos rechazado, más o menos decía.

Yo no quería escuchar esta arenga porque había subido muerta de curiosidad y más inclinada hacia la parte esotérica del asunto, esperando ver gente menos preocupada por la 'simple cosa'. Además, ya me sabía casi de memoria los cuentos de las tierras y del señorío de la tierra a través de mi padre, y éstos eran absolutamente incompatibles con los que escuchaba ahora. ¿Mi padre? Él sí que se había metido en la espiral aunque no ascendía ni económica ni espiritualmente y éste de ahora, este señor, creía, al menos, en los poderes curativos del agua. Credulidad substraída del sistema de mi padre, quien junto a los otros, que siguen la teoría de la espiral ascendente a través de los buenos gobiernos, se desprenden de cualquier atadura espiritual que lejos de mutilarlos, según ellos, los hace más completos, menos

Para los interesados, al final, hay ranas

débiles a lo que viene a ser menos serviles. Ya dije que no sé bien. Que hay cosas que se me han dicho de varias maneras y que aparentemente no están bien explicadas.

Entonces, ¿cómo podrían ascender en la espiral este grupo de gente que no se incluye? Pues no ascenderían, concluí. Porque yo lo miraba todo desde un mundo demasiado material, demasiado pegado a la punta baja de la montaña aunque estaba con el viejo arriba, quizá de ahí venía mi desgracia. Y había subido para ver a un grupo de gente rara, constantemente invadida por curiosos y yo, que estaba de este último lado, intentaba aparentar diferencia. "Vienen muchísimos y ponen la casa de campaña ahí mismo", dijo el viejo señalando el espacio de tierra apisonada delante de la casa.

Invitándonos me rechazaba. Entonces fue cuando ella me dijo que éste era el momento de usar la casa de campaña, que por qué no nos quedábamos a dormir allí. ¿Cómo podía acceder yo a quedarme después de escucharlo? ¿Cómo podía ella, con la que yo viajaba, ser tan absolutamente sorda al punto de no entender nada? ¿Que qué había que entender? Todo. Al menos asociando deduje yo que el hombre quería que lo dejaran en paz pero no podía lograrlo. Que, en definitiva, este modo de vida en aislamiento que había escogido lo exponía, le daba cierta visibilidad y ésta era, contradictoriamente, su protesta. Porque los que viajaban allí a lo mejor contaban y así se entendería que no todos estaban de acuerdo, que no todos éramos bendecidos por la mano paternalista del gobierno, más o menos insinuaba el viejo.

¿En qué consiste la cura con agua?, pregunté obviando las terrenalidades. Ahí está, dijo el viejo medio sonreído, señalando una pila vulgar conectada a una tubería corriente, mientras balanceaba el cuerpo pesado en el taburete. No consiste más que en tomársela sabiendo que uno se la toma. Tú tomas agua, ¿no? Todo depende de la intención que le pongas. Todo lo que haces es así. La gente viene aquí y pregunta lo mismo y yo les digo que ahí está el agua, en ese tubo, o en cualquier otro, en los tanques y me preocupa el trabajo que cuesta hacerla subir. Es la misma que se le pone a la siembra y a los animales y ellos la recogen en unas cantimploras, pero es la misma que está allá abajo y en la casa de ellos.

Para los interesados, al final, hay ranas

Lentamente, como a quien no le importa pero le importa y encima tiene la pena de saberse burlada por la ingenuidad de creer, en dos segundos, lo que alguien quizás ha creído durante toda su vida, me fui hasta la pila que estaba en el mismo borde de la ladera del mogote y la abrí. Con ambas manos me tomé tres sorbos y me eché agua en la cara mientras el viejo decía que no la desperdiciara. Y pensé y pensé, seguramente, en algo. Y miré todo lo que desde allí se veía: las tierras que ya no eran suyas y que tanto deseaba, los sembrados de tabaco que desde esta altura se podían controlar y me pregunté de qué vivirían.

¿Cómo se las arreglan?, le pregunté con la cara todavía húmeda. ¿Dándole a ellos una parte para tener el permiso?, volví a preguntar. Eso es sólo la gente que ha entrado en esto, yo no, respondió el viejo. Por ahí tenemos unas gallinas y unos pollos y un poco de malanga porque el tabaco no se puede tocar y si alguien se las arregla para quedarse con algo, entonces se cambia por otra cosa pero no hay mucho. Yo ya no quiero nada, menos así, dijo el viejo evasivo.

Escenas para turistas

La ropa de ellos es peor que la mía, pensé. Muchísimo más gastada, y mientras descendemos, Mayra y yo comentamos el ascenso. Comentamos sobre el jardín que tiene una de las hijas del viejo con su familia. La que nos ofreció unos cocos y yo con la pena de si debíamos pagárselos o de ofenderlos si le pagábamos, y una pena por gusto porque ando pelada. Ahí estuvimos unos minutos observadas por la hija más chiquita de la familia hasta que nos dijeron cómo llegar a ver al viejo sin que nos adelantaran nada del agua ni de lo que hacían con ella. Respondían algo medio seco como si supieran que necesitábamos que se nos dijeran algo, como quien responde con la conciencia de lo que se quiere escuchar. Todo un poco parco como si este asunto no existiera más que en la cabeza del que llega, como si fuera gente ajena a ellos quienes hubieran inventado todo esto de la cura sólo con agua.

Mientras descendíamos vi la única posibilidad de sentarnos un rato por otro cigarro en un espacio de tierra mayor y sin ocupantes. Sin que supiera si estábamos ya fuera de la espiral o cerca de su borde, me dejé caer debajo de una mata de mango. Allí mismo encendí el cigarro y lo fumé de prisa preguntándome cómo habrían construido de ese modo las casas, a quién se le habría ocurrido y por qué. Si ese era el sistema o la resolución de algo, si el viejo debería estar en lo alto por alguna cuestión de linaje o religión, por qué se me había ocurrido pensar en la palabra desgracia y qué podía verdaderamente acarrearla.

Y mientras dejaba de pensar estas cosas, escribía en una libretica que se había vuelto a nublar, que el aire entraba y salía por las ramas de la mata de mango, y así me dejé ir lejos de mí misma porque estaba haciendo lo contrario a lo que en el fondo deseaba. ¿Y qué deseaba? No lo sé. De allí, probablemente, llegara mi desgracia. ¿Cuál desgracia? La de la consciencia persistente de creer que sé que no se me permite el ascenso, porque un pedazo mío queda atado al resto, el cual se mueve hacia el lado contrario haciendo un círculo, que posiblemente se cierre en una situación similar a la que ha producido la crisis, el escape. Y todo esto sólo por juntarme.

Sólo por juntarme, por entender, describí el orden de

Escenas para turistas

las desgracias: una serpiente descabezada que encontramos en el camino mientras descendíamos, y que yo asocié con la falta de control, con la pérdida del sentido de la orientación que me había conducido directo a esta mujer con la que no fluían más que conversaciones absurdas, como aquella de: qué hermoso valle, cuánta paz, qué lástima que estén, sobre todo las jovencitas, pendientes de los espejuelos de sol y de las liguitas de pelo; o aquello de: yo podría vivir aquí, y tú trabajarías de maestra voluntaria enseñando a leer a estas niñas que no quieren tener escuelas… Todo esto mientras yo recordaba mi dependencia, y el regreso a la soledad de la cabaña en el campismo donde, posiblemente, ella se me acercara, tan lenta y angustiosamente como el largo trayecto de regreso a través de las siembras de tabaco. Y más adelante, al llegar y descubrir la falta de agua, la posibilidad de dividir con ella el único mango que había cargado yo, no por precavida sino por romántica, mandé a la mierda el orden de las desgracias porque la tirantez era general: era lunes y aunque el campismo había cerrado, quedaban unos seis o siete

Para los interesados, al final, hay ranas

hombres merodeando pegados a la sombra de nuestra cabaña.

Esa noche, en la que me tiré un cigarrito flaco muy muy malo, me puse más mareada de lo que realmente se merecía porque así lo necesitaba y porque era el último. Agarramos dos sillas plásticas , las sacamos de la cabaña y dejamos caer el cuello hacia atrás para darnos de plano contra el cielo que estaba llenísimo de estrellas. Fue incómodo no por la postura sino porque sentía que debía conversarle, comunicarle algo, hablarle, porque había pagado mi pasaje y porque Mayra sentía que gracias a ella teníamos un lugar adonde quedarnos.

Como los tipos se mantenían demasiado cerca y era un poco difícil dejarse llevar, quedarse con la cabeza colgada y los ojos fijos en el cielo y observar perdida, mientras te observan, diez o quince minutos más tarde entramos sin saber lo que nos esperaba. Adentro no quedó otra que cerrar las ventanas y meternos en la cama. Sentíamos ruido de agua pero no nos movimos porque no podía ser cierto. No habíamos tenido agua en todo el día. Sin taparnos, porque hacía un calor de espanto, que se hacía intolerable por el encierro, nos quedamos una al lado de la otra. Diez o quince segundos más tarde ella, pensando que ya que estábamos debíamos hacerlo, o yo, pensando que ya que estaba o que le permitía estar debía demostrarle más afecto, nos acercamos algo.

Durante el acercamiento yo sentía cierto ajetreo alrededor de la cabaña y cuando me decidí a levantar la cara me di de plano con varios ojos prendidos del borde de las persianas. Rígida, muerta de miedo, me levanté y pateé las tablas. Del otro lado, desde las otras rendijas, unos dedos intentaban hacer espacio para mirar lo que ellos sabían iba a ocurrir.

Volví impotente a la cama. Intentamos relajarnos de nuevo pero esta vez nos tapamos. Tres segundo más tarde Mayra me dijo que había una rana. Una rana no, un sapo, le respondí molesta, y me viré para el otro lado. No voy a poder dormir con el sapo aquí, insistió ella, míralo. Y qué quieres que haga, le dije mirando al sapo. Que lo saques, por favor, a ti no te importa hacerlo.

Mira, me dije a mí misma, tranquila, tranquila. Parece

Para los interesados, al final, hay ranas

que debo matar una rana porque ella cree que yo soy la que debo hacerlo. Qué loca. Porque ella aún se acuesta con varones debe tener ese sistema tragado y piensa que debo ser yo la que dé el frente. Qué imbécil. Pero cómo se le ocurre si yo, aunque duerma con mujeres, no pienso en matar nada, pensaba mientras jugaba a encontrar la rana que ya eran dos, cuando las miré, o tres, carajo, que saltaban, y hasta cuatro, grandes, grandísimas, más que ranas sapos, que venían, ¿por dónde?, por todos los agujeros posibles.

Había saltado de la cama a perseguir el sapo, que estaba más aterrado que yo que no quería matarlo y azorándolo, como mejor pude, empecé a ver todos los sapos que ya he contado. Todos los que, evitando tocarlos, llevé, como pude, más bien apremiada por la presencia de Mayra, que había, ella misma, empezado a empujarlos hasta la puertecita de atrás, que una vez que se abrió dejó entrar un chorro de agua enorme, acumulado en un cubo que los tipos curiosos habían puesto allí para que se llenara de sapos. Lo habían previsto todo. Se dijeron, estas dos mujeres se meten en la cama y después

Escenas para turistas

la cabaña se les va a llenar de ranas. Van a tener que salir y entonces las consolamos adentro. Pero no sé. No sé lo que pensaron.

Empujé el cubo, saltaron los sapos, cerré la puerta con dos de ellos colgándome de la pierna que sacudí, horrorizada, callándome. Adentro, mientras recogíamos las tres o cuatro cosas revueltas con el incidente, se fue la luz pero ya sabíamos que ellos la habían apagado. Todavía adentro, puestas una contra la otra porque no sabía yo qué hacer o porque no podía decirle a Mayra que no, o porque aparentaba que la quería, decidimos salir a enfrentar al grupito de cagones que nos habían jodido la noche.

A los sapos, a esos intrusos, los pudimos sacar, pero salirnos de estos tipos parecía un poco más difícil. Delante de uno de ellos, que hacía de jefe del lugar, confrontamos un cinismo demasiado aprendido para ser tragado. Ellos no habían sido, es más, él no sabía nada. Yo siempre he estado aquí y de aquí no me he movido, dijo. A ellos, no se les puede ocurrir otra cosa que ceder a una tentación tan normal, sobre todo, si una se expone así de esa manera. Nada. Que como siempre, nosotras teníamos la culpa, por intrusas.

La luz regresó en el momento en que entramos a la cabaña donde nos abandonamos a mirar a las ventanas, mientras creíamos sentir la respiración, otra vez, de los tipos, que llegaba desde afuera, que se filtraba a través de las persianas, colando a través de los resquicios su intromisión calenturienta y prejuiciada.

Todo parecidísimo. Todo como un majá mordiéndose la cola. Todo tan circular por idéntico. Todo tan reiterativo y cansino como la igualdad. Ellos espantándonos a nosotras que espantábamos las ranas, por imposibilidad de convivencia. Las ranas que eran intrusas en nuestro cuarto. El cuarto que era, al mismo tiempo, una intrusión en el paisaje que no pudo resguardarnos, como intrusas que éramos, en aquel mundo de los acuáticos. Los acuáticos que eran intrusos en el mundo revolucionario y la revolución, una intrusa en el movimiento casi fijo y perpetuado de las cosas y, más, una intrusa en el movimiento histórico, ese lugar de hechos acumulados donde se les dio poder a los machos para asediar a las mujeres y vomitar sobre

Escenas para turistas

las tortilleras, haciéndolas sentir siempre, siempre, inade-
cuadas. Las tortilleras, nosotras, intrusas en aquel Pinar del
Río adonde habíamos ido a parar, intentando salir de
nuestro gettho para ponernos en contacto con el resto
del mundo.

Baracoa

Casi pierdo el avión por culpa de un cafecito y la cara hinchada de Nora, en Santiago de las Vegas. Eran las cinco de la mañana, vimos el amanecer desde el avión pero no pude describirlo.

Fuimos del aeropuerto hasta el pueblo en un yipi gracias a la caridad de un buen habanero que nos ha visto en una madeja de luchadores, que pretenden hacer dólares con los turistas y no distinguen entre alguien de la ciudad y alguien de una ciudad extranjera.

Escenas para turistas

El tipo del yipi, una especie de artista gubernamental liberado o por el estilo, inmediatamente nos cuenta su vida que se reduce a lo bien que la pasa de aquí para allá, con muy buenas compañías, haciendo dinero. A mí me simpatiza porque es fotógrafo y filma lo bueno, que es casi todo por exótico, y esto lo resguarda de un mal paso comercial. Indios desnudos y pintados por grandes artistas del 'body art', unos cuantos nombres que cita y nos prepara un lecho de muy buenas terapias disipadoras, porque él sí que se las sabe todas y tiene muy buenos contactos.

Nos cuenta su obra y milagro sentado en la sala de su casa mientras yo quiero irme a ver la punta más oriental del oriente. Nos presenta a sus padres y a su mujer y así nos da la confianza necesaria para que nos dejemos arrastrar donde él quiera, porque él sabe cómo acceder a lo que es mejor.

Cuando logramos estar solas, Teresa me dice que el tipo tiene muy buena onda pero yo no sé. Desconfío siempre aunque tenga buena cara y nos consuele con los precios y con el asunto de encontrar adónde quedarnos, hasta que nos importe un pito la trampita, su control.

Baracoa

Por eso hemos quedado con él a las dos de la tarde para irnos al Toa. Antes, nos describe paisajes idílicos y buenos paseos en balsa, de cómo la balsa —que para que sea buena tiene que ser rústica— se desliza por el río, de cómo el río es clarísimo y su corriente un alivio que desvanece el calor.

Estoy contenta porque voy a salir del pueblo. No veo la hora de estar en el monte con el culo al aire metiéndome un pito. Ni Teresa ni yo tenemos pitos, pero Teresa asegura que el tipo tiene toda la onda, repite, y como ella es como es le insinúa que si algo marroquí y el tipo entiende, no dice nada, pero entiende.

Mientras llega la hora caminoteamos, sin él, por todo lo que sea posible. Me fijo en los precios de la comida y los hospedajes. El pueblo se acaba enseguida y es muy repetitivo. Lo que llaman El castillo es un lugar de precios dolorosos que en lo alto vigila la ciudad y desde allí se ve la playa seca.

Todo lo fríen con manteca de cacao y mientras yo me deleito ellos, los de allí, protestan. Dicen que les afecta los huesos. Se respira ese olor en todas partes. Donde venden el pan de maíz, donde venden el coquito, donde preparan los churros, en la playa.

A las 2, según quedamos, ya estamos camino al Toa. Nos instalamos en un bohío donde han parado ya varios extranjeros, así que quienes alquilan están al tanto de cuánto se debe o de cuánto se puede pagar y los precios nada tienen que ver con nuestro presupuesto, con el presupuesto de Teresa, en realidad, porque el mío es andar con ella. Yo no cuento con nada pero participo, para que Teresa no me discuta mi falta de interés en su dinero, en nuestro destino común, y comienzo a sacar cuentas que no dan, hasta que hablo bajito, pero claro, acerca de lo que tenemos realmente.

La dueña del bohío, una madre joven y devastada, con la ayuda de Ramiro, el del yipi, está de acuerdo con lo que tenemos y nos quiere resolver, porque así ellos resuelven, y aceptan. Tres dólares por todo, diarios. Incluyen cuarto y una única comida cualquiera, que es la misma de ellos, para ahorrar, porque somos unas tiradas. Me parece bien, pero ellos deben estar rabiosos. Así y todo nos relajamos. Ubicamos nuestras cosas y el paisaje es idílico, tanto, que parece irreal. Pura postalita.

Baracoa

El frente del bohío da al río que no es tan ancho como lo imaginaba ni tiene tanta corriente como para mover una balsa de madera pesada. Antes, queda una buena parte de un terreno y allí hay una vaca. Ya tenemos cara de naturaleza salvaje y hacemos planes para aprovechar el tiempo aquí. Hay que verlo todo, tooodooo, de carretilla, pero verlo. Esto es lo que uno se lleva y, en este punto, la conversación nos da risa.

No sabemos, al regresar, lo que serán ni qué parentesco tienen, pero intuimos lo que hace Ramiro con la hija de la guajira dueña de la casa, porque se han dado una buena encerrada en un cubículo que está en medio de la sala. Como las paredes son listones, hasta el cubículo nuestro llegan las risotadas y los sube y baja de los muelles del colchón que debe ser exactamente como el nuestro.

Ramiro ya nos había dicho. Es como un rajá porque allá, en la casa de su madre, tenía otra mujer esperándolo y cuando mencionó sus viajes a la habana comentó sobre las mujeres de allá. Pero eso ni nos importa. Lo más grotesco viene ahora cuando casi sobre las siete de la noche, sin bañarnos porque el agua rueda sólo en la

Escenas para turistas

mañana, Ramiro nos dice que no estemos tan distantes. Y como nos da pena porque nos ha traído y nos ha colocado y aceptó lo poco que pagamos, hacemos un grupito en el frente del bohío donde Ramiro está con una cámara de vídeo sofocando a la muchacha joven; persiguiéndola para que miremos qué excitante luce esa mujer oriental, rodando las piernas y los brazos por el tronco rugoso de una palmerita áspera y flaca. Para que disfrutemos de la maravilla salvaje de esa guajira que anda echando el pelo hacia atrás, mientras Ramiro la filma y nos mira y la mira y se acerca y nos vuelve a mirar como si nosotras también la tuviéramos parada, o se nos fuera a parar con esta escena ridícula del visor que atosiga a la muchacha.

La cara que yo tengo no la sé pero debe estar al desbordarse, y aguanto alargando los labios como agradeciendo lo que veo, como si lo que viera fuera normal, quiero decir, tan artístico como él nos lo presenta y tan excitante como todos esperan que sea, a ver si, de repente, soltamos más dinero o nos desbocamos contra las nalgas de la guajira o qué sé yo, y trato de sonreírme. Qué más puedo hacer.

Baracoa

Pero las tomas no dan para tanto y creo que hasta la muchacha se cansa de hacer el papel de animalito ingenuo, acosado, y Ramiro y ella se vuelven a perder detrás de los listones del cubículo hasta que se escuchan los jadeos. Fíjate bien, le digo a Teresa mientras nos alejamos un poco del bohío, todo se escucha. No podemos ni, dice Teresa, no se nos puede ocurrir. Y decimos esto censurándonos, como si el tipo y la familia entera no supiera ya qué somos en la cama.

Como el asunto de filmarla, rodando por la palmerita no dio resultados, quiero decir, que no nos calentemos ni corrimos babeantes detrás de la chiquita ni soltamos más dinero ni le propusimos nada, Ramiro reaparece y desaparece sin decirnos más nada del asunto marroquí aquel que en Baracoa dejáramos arreglado. Pero más tarde, cuando está casi completamente oscuro, Ramiro nos vuelve a llamar lejos de la casa, y ellos sólo tienen unas toallas alrededor del cuerpo.

Así es como finalmente fumamos frente al río Ramiro, la muchacha, Teresa y yo. Y es de noche cuando se meten en el agua y nos llaman sacándose la toalla de

Escenas para turistas

encima, como invitándonos a desnudarnos. Yo meto la puntica del pie y pienso en los bichos, en lo frío que está, en la pinga de Ramiro suelta en el agua negra del río, en las enfermedades de la guajira joven, en qué pensará la guajira más vieja, y después de unos minutos de quedarnos sentadas, en silencio, en el borde pedregoso del río, nos vamos, nos metemos en el cuarto, nos semi-ocultamos bajo el mosquitero, quietecitas, y yo miro al techo de guano.

Semanas más tarde, arrobada por la experiencia de vivir en un bohío con el piso de tierra, de haberme sentido campesina y pobre aunque no hubiera, ni un sólo día, trabajado en la recolección del cacao, escribiré en mi libretica un comentario soso sobre los techos de guanos. El comentario estará trunco y dirá más o menos:

– Cena después del paseo e instalarnos definiti-vamente. La cena: carne, arroz y malanga. Nunca comí mejor en mi vida.

– Terminar con que me meto en el bohío y miro al techo con alice in chains en los audífonos (decir cacao y contar o agregar) y que la puerta del cubículo que hace de cuarto es una cortina y que no se puede templar...

— Esto es lo que una se lleva, y aquí nos da risa porque aunque no lo creamos esto es todo lo que hay que ver y los vecinos. Todos gente de allí que no sabe qué hacer para cambiarse el aire. Todos esperando a los turistas, que adoran la vida salvaje, para que les dejen algo que los saque, un poco, de la vida que viven más bien por obligación y por costumbre que por deseo o elección.

— Nunca vino Rader con el paquetico que encargamos. Lo esperamos. Ayer nos acostamos muy temprano. Antes escuché música. Estuve con los audífonos puestos y los ojos pegados al techo de guano. Los techos de guano son hermosos, todos los que tenemos cielos rasos pensamos lo mismo recién descubrimos uno. Seguramente la guajira dueña de este bohío no piensa igual.

Marzo

*"Adonde voy no llego, adonde estoy resbalo.
No es porque sea buena, tampoco soy tan mala"*
Charly

Me bañé para ir a la Compañía y reclamar sin fajarme, sin paripé ni fortalezas, aunque este mes la cuenta llegó al cielo y que yo sepa, esta cocinita eléctrica no trabaja como para tanto. Así le dije a la encargada y fui impecable en mi discurso, creo. Mis músculos faciales estaban relajados pero tensos, me balanceé equilibrada hacia el lado derecho, primero y hacia el izquierdo, después, intentando torcer una de las muñecas hacia afuera porque estoy obsesa con las apariencias.

Marzo

A causa de la marginalidad, la ilegalidad, y las etcéteras, vivo esquivando, doy vueltas con los ojos bajos antes de entrar al edificio, y si lo hago directo intento no arrastrar jabas ni pesos ni bultos. Encima, trato de seguir como siempre porque nunca hice nada más que intentar unos pobres planeos. Y es que todo el mundo anda mal. Medio vaciados y atentos. Y como una también está mal, miran el pelo, miran los trapos, miran los amigos y que siempre voy con mujeres. Y que fumo y que como fumo se me van los ojos y la mano me tiembla y estoy pálida, casi amarilla, y tengo los nervios como en tango y así es que llego a la empresa eléctrica a discutir, a negarme a pagar esa cantidad escandalosa.

Para el pago me planto en la ventanilla de reclamaciones que tiene la ventaja de soportar mis brazos cruzados sobre el mostrador, pero para las aclaraciones el salón es otro. Todos me miran como si me conocieran, como si me hubieran agarrado haciendo lo que hago a escondidas para que no se levanten calumnias sobre las sospechas.

Y paso a la oficina donde una señora gruesa, grasienta, apelotonada en un uniformito azul-mugriento, con el

Escenas para turistas

pelo flechúo, semiteñidos los trozos de cualquier color dentro de la hebilla plástica, espanta a un hombre que holgazanea con pinzas para cables telefónicos colgadas en la cintura, con las manos sucias y grasiento también. Los dos se miran y me miran y ella, con su aspecto semi-reconstruido, se siente suficientemente fuerte como para medir fuerzas de identidades conmigo. Debe pensar lo que debe pensar, pienso yo que evito pasarme el índice por la punta de la nariz y le explico lo de la cuenta, lo de la cocina, a lo que he venido.

Mucho antes de que salga el hombre, completa-mente, de la sala y sin esperar a que yo termine de explicar todo mi problema, ella, en su uniformito, empieza por preguntar cómo es que yo la uso si es para hacer "algo ligerito" como una tortilla.

A esto se le llama chapotear en la sala de reclama-ciones. Pero yo no tengo que pensar en nada. No quiero pensar en nada más que no sea estoy aquí para pagar mi cuenta para saber por qué mi cuenta llega al cielo este mes si la cocinita que tengo no da para tanto. Nada más. Debo creer que ella no ha dicho nada, que esta conexión entre lo que ella sugiere y yo hago, es aparente. Que sólo intenta ser una empleada común y ahora sí me callo y la miro recto.

Empecé diciendo que me vestí para la ocasión. Mi ropa no está gastada como antes. Yo estoy tranquila aunque intento seguirla para saber, y esto casi se lo escupo encima, por qué mi cuenta es tan alta si yo no como huevos y el lugar donde vivo es chiquito y las luces que quedan son todas frías. Recorriéndome con evidente asco, ella se estira el uniformito y sospecha como si hubiera descubierto lo que prefiero hacer en la cama, entonces directamente me pregunta cuántos equipos electrodomésticos uso. Y agrega, porque gastan. Ahora la gente, no se sabe cómo, tiene de todo, hasta computadoras.

Hago esfuerzos por levantarme, por salir de la cama que está pegada al piso, por comer, por llevar lo que llevo, por vivir. Y por explicarle y por entender qué pasa con mi cuenta de luz es que llego aquí. Y es ahora que le digo, que no, que no tengo computadora porque sobrevivo como puedo, que mejor me dé el comprobante, que no tengo mucho tiempo, que ahora ya me da lo mismo

Escenas para turistas

porque al parecer nadie va a saber nada, que no dé más vueltas, que el próximo mes ya se verá quién venga, quién me preste el dinero o quién se meta en mi cama porque yo no viajo, y mi amante es tremenda y nos damos unos golpetazos que me desarticulan la semana entera, así que mejor que resolvamos esto cuanto antes no vaya a ser que mañana no alcance ni a encender la dichosa cocina. ¿Ya esto le basta?, pregunto y le doy la espalda.

Debe estar contenta, no sabrá diferenciar lo que es de lo que no es y debe estar regodeándose en la información que acaba de sacarme para hacerla un bola que inmediatamente rodará hecha una baba de chisme. Un sol seco raja el piso de la entrada y un viento maligno trae su voz hasta mí que ya me alejo de la cabina de pago, que me sostengo con mi propio peso para no perder las fuerzas y darle el frente, otra vez, a esa pesadilla que vocifera: y para la próxima, apunte en una libretica cuánto tiempo la usó, cuánto la dejó encendida, y esté atenta a las lecturas, contrólelas o hable con el compañero que las controla… Todo esto mientras yo me muerdo la lengua.

Miércoles

Aunque esté completamente borracha no cambia el escenario. A las 6 a.m. no pasa mucho. Apenas las luces amarillas se tornan violáceas y parpadean. A las siete mueren, y las putas reaparecen chorreadas. Se bajan de los carros a esa hora. Por eso la prostitución es amplia y silenciosa, es una moda y un modo de hacer el pan y ponerle jalea de colores y cuando se habla de eso lleva otro nombre.

Escenas para turistas

Podrida, como estoy, balanceo el cuerpo en un banquillo. Uno de esos de cemento que están en todos lados, en todos los barrios de ahora, en los más obreros donde la gente pedalea temprano o camina nerviosa boqueando humo de cigarros baratos. Espero unos minutos más, hasta que se cierren las luces falsas opacadas por la luz del día y subo, y mientras subo la tropiezo.

Mi vecina del cuarto piso tiene ajos en su monedero y en una lata mohosa ha sembrado flor de oro para atraer el dinero. Mientras camina arranca una ramita de vencedor y la echa en su mochila para atraer la utilidad. La cómoda estocada al centro de lo estable. Para que no falte el dinero. El estómago vacío a las ocho y baja sin pensar en las caras de oficina ni en las tareas agudas que ejecuta para la pérdida de la mayor parte del día. Por tener el sueldo. A qué pensar en vacaciones, dice. No dan ganas. A dónde puede irse una. A dónde, me pregunta.

En los pies inflamados lleva unas sandalias carcomidas en los bordes. El pulóver está agujereado en la manga izquierda, por detrás. El apuro, la agilidad con

122

que va en busca de su bicicleta, no le da tiempo a mirarse la espalda y descubrir esos símbolos no de la moda sino de la miseria. Yo no bebo, dice. Al menos no así, como esos. Odio a los borrachos. Debe tenerse un límite, agrega. Saber hasta dónde. Hasta dónde qué, pienso. Hasta dónde beber, responde como si me escuchara y da unos pasos cortos hacia la escalera y empieza a descender.

Así y desde esa hora se hunde. Va a su igualitarismo en velocidades y se arranca las horas. Antes, ha regado la flor de oro y dice: trabajando y con esta planta, te ayudas. Pero está en su cara una risa seca, una boca abierta de dientes disparejos y manchados de donde sale un vahído denso de estómago vacío. A las ocho y treinta estará tecleando planes por la economía de su empresa. Y delirará, nerviosa, balanceándose en sus sandalias carcomidas, esperando su bandeja metálica semivacía de chícharos mal cocidos que la sostengan, a pie de máquina, hasta las cinco de la tarde. Cierre de oficina.

Sobre el despido

Trato de separar la angustia. Extirparle cada fibra me haría llegar al sufrimiento solo, cuando mi despido. Pero lo del despido es casual. Casual que me quedara sin trabajo aunque visto con ojos de justicia se llega hasta allí a través de una secuencia de actividades mal realizadas por mi parte. Una serie de conversaciones que dejaban filtrar la información, un tipo de ropa que enmarcaba pobreza, ciertos gestos que se asocian con ciertas compañías, ciertas llamadas del mismo tipo y tan parca, tan árida, tan mal socializada. Como esperando siempre la acusación, el despido.

Sobre el despido

Hace ya dos meses ella me dijo que yo sufrí con el despido. Y me miró con ojos rectos y miré al vacío tratando de recordar. Tratando de recordar apresé algún cúmulo de secuencias, supongo. Supongo que tendría cara de duda reflexiva, sólo en esta descripción, claro. No existe cara posible para semejante duda.

Sin embargo, antes del despido ya tenía yo un recuerdo de futuro dolor, término ridículo, de muchísima mejor forma y en mejor estado del que tengo ahora que es obvia la pérdida. Al fin, recuerdos en blanco sobre una toma que se amplía para revisitar aquella ocasión.

Ahora mismo mi madre debe esperar algún recaudo, estará haciendo alguna gestión, algunos cambios de algunos productos, quizás arroz por azúcar, grasa por leche o por panes. Ahora mismo ya estoy ida y no veo qué sigue actuando, qué disculpas le debo o cuáles disculpas me doy. Ahora mismo, la sala está completamente desequilibrada. Las posesiones se dispersan a mi alrededor: el cenicero, dos hojas de papel, una blusa, un lápiz. Todo bien abajo. Pegadito al piso, alrededor de la colchoneta. Y además de sobrevivir a estos detalles

Escenas para turistas

puedo volver atrás, a esos pormenores que me sirven, de manera oportunista, para crear estas escenas. El despido como tema, me dijo. Que es, además, y según ella, el inicio de todo. No de todo lo que desencadenó o aún desencadena las más cercanas angustias sino algo a lo que debe agregársele cierta falta de atención. Cierto desgaje que se refleja en casi todo lo que ahora me sobrevive, me convive, me acontece, más bien.

Para escapar, no debo darle importancia a esos detalles. Tampoco debe prestársele demasiada atención al primer párrafo, a ninguno de estos párrafos que si bien me han servido de inicio, fueron escritos con la forzosa velocidad de quien tiene la urgencia de generar un arranque de atención. Y que como todo impulso puesto en palabras sufre muchísima distorsión en la imagen.

Pastilla

"a veces quisiera poder arrastrarme
pero soy poco dada a las angustias"
SB

rato de llegar a la cocina. La música da unos toquecitos discretos, muy americanos. La pila sacude agua en todas direcciones y espero a Rebeca para ir a la reunión. La reunión es sobre lo mismo. Acerca de si somos o acerca de si los que somos, real- mente somos. La reunión es para que quede clara la igualdad y nuestro sometimiento. Así que el ánimo y el conjunto es fatal. El día está cargado. Están unas nubes pesadas arriba. Debajo de las nubes estoy yo, en medio de algo, sin que aguante ni una caminadita dentro de este cuarto.

Después que llega Rebeca y le doy la noticia, dice que no tiene ganas así pelada como está: Sin nada que meterse para aguantar el fraude, que está nerviosa, que se ha cansado mucho para llegar hasta aquí con este plomo que sacude el aire y caminando. Está mandada, a pesar del calor que siempre nos aplana.

Entonces se agita y me tira hacia afuera poniéndose los espejuelos, un chiste que debe hacer para que me ría, para que le diga sí, esto está como lo que no debe mirarse. Pero enseguida entiendo que no es chiste ni nada. Que lo que quiere va en serio. Que todavía le quedan fuerzas para irse detrás del Niño para que nos pase algo.

Para conseguir lo que Rebeca quiere hay que salir y hacer varias llamadas. Insiste con los espejuelos, parada en la entrada, a punto de salir para que yo me apure, medio estúpida y la siga por los escalones.

Antes de seguir con esto y dejar de arrastrarme por el cuarto para arrastrarme junto a Rebeca detrás del Niño para que nos dé algo, tomo aire. El aire está tan denso que me llega primero al borde del estómago y se ancla allí, perforándome. Desde el piso doce hasta que empieza a saltarme el pecho no pasan ni diez segundos. Siempre lo mismo. Cuando bajo, cuando subo. Por no comer, diría una madre. Porque no funciona el elevador, diría una vecina. Por qué tengo que salir, me digo odiando a Rebeca, su falta de cansancio. Esa energía absurda para ir detrás de la cosa. Para buscar la mierda que cuando nos prende, me aleja y que cuando me aleja, me olvido

y bajamos y bajamos sin alivio y me pongo los espejuelos porque no puedo quedarme todo el día con esos lamparones, esas rayitas grises que me hace el hambre delante de los ojos cuando subo, cuando bajo, cuando descanso, medio segundo, recostada a los buzones de la entrada que exhiben su destartale detrás de mi "figurita" curvada por la falta de aire.

Escenas para turistas

Con la mierda arriba, subo. Regresamos y pongo, insistente, la cinta sin que importe que la máquina la muerda tres veces seguidas. Le digo a Rebeca que me de un chance, que me tengo que dejar caer cinco segundos, que para algunas cosas no se tiene el carácter, pero ya ella agarra el paquetico y lo abre.

Con la mierda dentro, el corazón —otra vez— me patalea, pero esta vez pienso que lo hace de contento. Si me baja, si me sube, si me queda o me quedo en medio de la nada, con el aire alrededor o el calor abajo que se va, despacito, da lo mismo. La mierda es lo que me hace ordenar las escenas de calor, las escenas de viento y las escenas de agua, en una secuencia estúpida de obviedades ingenuas.

Una vez que se van —Rebeca y la mierda— me quedo abajo. Y si acaso intento realizar el orden de las cosas, en este lugar que en definitiva es pequeño, me abrumo. Generalmente pierdo una eternidad sentada en medio de un pesar que yo llamo "estar pa'dentro". En estos estados no me queda otra que diagnosticar una alergia. Y si llego a enlazar y quiero ensalzar la niebla,

Pastilla

agarro y apunto cualquier atrocidad. Como esa que empieza descargándole a la inercia con eso de: Sigo castrada. Las emociones me dan por turnos que no siempre guardan la regularidad de una alternancia y miro el cuadro mientras me alejo para ganar foco, para arreglármelas sin decaer ni maldecir castrada. Tiro del arado que se atasca en el pavimento.

Me acomodo, vivo la situación sin tragedias —algo que en mi caso más histérico es prácticamente imposible— y si llego a pensar lo que he vivido y sin que llegue a pensar en los espacios cerrados, me arrastro hasta la cocina, desbaratando cada escena anterior con cada adelantada, lentísima, mientras creo asociar alguna particularidad como ese sonido que reconozco en el "sonido del agua en todas direcciones".

No tengo la menor idea de si existe una complicidad, entre las tareas y los beneficios, que no comprendo. Delante del caldero sé que cuando llego a la hora de destapar las indecencias estoy muy metida, muy sujeta a la terminal intrascendente de la historia que debo narrarme, y se me deshace la lengua cuando veo el

Escenas para turistas

círculo del caldero como si fuera un anuncio que cuando lo alejo, asemeja un túnel largo con llamas voladas en el techo de arriba, ¿o es el techo de abajo esa línea amarilla que divide en dos la puñetera calle?, en dos sendas el puñetero túnel...

Túnel: galería subterránea abierta artificialmente ...

a sonia, lilián, mane y mar,
soni la fombe y marta,
la pilarika y yami,
chivi y yarman, juan mateo,
orlandini, ale, cubaneo, darsi,
thais y eduardo, ileana la negra,
katia, y la jabá. a mi madre, mi
padre, las circunstancias y dios.

La Habana, Cuba, 1999

Jacqueline Herranz Brooks

Nació en la Habana, Cuba. Ha publicado el poemario *Liquid Days,* Tribalsong, Argentina, 1997. Ese mismo año, obtuvo el premio de narrativa de la revista *Revolución y Cultura* por su cuento "Intromisión abrupta de esos dos personajes", también publicado, en 1999, en la antología del cuento contemporáneo cubano *Dream With No Name*, por la casa editorial Seven Stories Press. Actualmente vive en Nueva York.